La otra orilla

En el ojo del huracán

En el ojo del huracán

Nueva antología de narradores puertorriqueños

al cuidado de

Mayra Santos-Febres
Ángel Darío Carrero

 La otra orilla

www.librerianorma.com
Puerto Rico y Estados Unidos

© 2011
Grupo Editorial Norma, S.A. para La otra orilla
Coordinación editorial: Ulises Roldán Rodríguez
Copiedición: Federico Escobar Córdoba
Fotografía de la portada: *Huracán* (AGRAL)
Diagramación: Tanya Rivera Santiago

Impreso por: Editora Géminis Ltda.
Impreso en Colombia – Printed in Colombia
Fecha de impresión: marzo de 2011

ISBN: 978-1-935164-99-9

Contenido

PRÓLOGO A UNA ANTOLOGÍA HURACANADA
Ángel Darío Carrero y Mayra Santos-Febres

I

Si uno consulta —como hemos hecho nosotros con intención de comenzar este prólogo— una historia de Puerto Rico, se topará tarde o temprano con un texto antológico del doctor Víctor S. Clark, administrador del sistema educativo puertorriqueño en 1899. La fecha es importante conservarla: justo un año después de la guerra hispanoamericana, que hizo que Puerto Rico pasara, en cuestión de horas, de manos españolas a manos americanas, es decir, para salir de las manos, de un modelo colonial a otro. Adelantamos la intención del texto inverosímil: demostrar lo fácil que sería transculturar a los puertorriqueños y convertirlos sin resistencia mayor al idioma de los norteamericanos. Ahí les va la joya: "Otra consideración importante que no puede pasar desapercibida es que la mayoría de la gente de esta Isla no habla español puro. Su lenguaje es un 'patois', casi ininteligible para los oriundos de Barcelona o de Madrid. No posee literatura alguna y tiene poco valor como instrumento intelectual". Claro, en estos casos, tomamos nota de cómo comenzó el asunto, ajustamos el buche, cerramos el libro y se acabó el asunto. Pasamos la página.

II

Entonces, cambiamos enseguida de estrategia. Tomamos en nuestras manos una antología de la literatura puertorriqueña, real (publicada) o imaginaria (soñada todavía); da lo mismo. Una antología gorda, bien gorda, de buenas carnes, nada de costilla, nada de hueso famélico. Pasamos el dedo desesperado por el índice, y nos detenemos en la sección de cuentos: el género que, junto a la poesía (y la música), mejor se nos ha dado. No podemos resistir que nos invada un guille de Mona Lisa con exquisito menú literario en mano. La antología real o imaginaria es excelente, va año por año, *in crescendo*, no por angustiosos apellidos. Uno puede así historizar la literatura y literaturizar la historia, al mismo tiempo, unión sin confusión.

A veces vamos lentos en la lectura para aumentar el grado de placer. Otras veces pasamos rápido las páginas porque intuimos al vuelo por dónde va la cosa, y es mala la cosa, pero, intermitencias aparte, no podemos abandonar el recurso de la memoria. La misma memoria nos dice que, aunque nos haya tratado muy bien la vida, siempre hay hambre de querer saber de dónde se viene. Esa hambre no se puede saciar totalmente ni siquiera habiendo comido de la olla de la literatura clásica más universal. Es una cuestión de ajuste con el propio tiempo. Ese deseo inexplicable se cura en el álbum familiar de la tradición.

Hacemos el viaje de la imprudencia, puerta tras puerta, aunque minutos después, al ver al barrigón maloliente (pensemos en Clark y su corillo) que pudo haber sido nuestro acompañante en la vida, demos un trastazo a la puerta, ¡y para nunca más volver! No se crean que el conocimiento trae consigo la glorificación, pero tampoco necesariamente el regurgitar instantáneo del vómito. Cada uno asume una respuesta personal inédita: la discontinuidad impredecible de la historia y de la literatura.

III

Después —este prólogo parece que no comenzará nunca— nos da la gana de revisar las fuentes directamente. Tocar los libros, manosearlos, releer los pasajes subrayados. No los tenemos todos. Es una pena. Pero tenemos muchos a mano. Lo cierto es que queremos leer sin mediación de los antólogos, tan útiles como subjetivos. A veces tanta subjetividad duele, nos duele por inclusión o exclusión, interesada o desinteresada. Pero nadie puede desvestirse de ella, de la subjetividad, tampoco nosotros. *Mea culpa*. Así es este asunto de ser mortales. Pero, de todos modos, dudamos y la duda nos lleva directamente a algunos libros o textos sueltos, sobre todo iniciáticos e imprescindibles. No nos desabrochamos el corsé de la cronología, pues es preciso sentir el apretado ritmo de la historia. Cada texto carga un contexto, sin hablar de los consabidos pretextos que son muchos y claramente distintos: Manuel A. Alonso, *El jíbaro* (1849); Alejandro Tapia y Rivera, *Un alma en pena* (1862); Emilio S. Belaval, *Cuentos para colegialas* (1919-1924); Enrique Laguerre, *Renunciación* (1932); Miguel Meléndez Muñoz, *Cuentos de carretera central* (1941); José Luis González, *En la sombra* (1943); Abelardo Díaz Alfaro, *Terrazo* (1947); René Marqués, *Otro día nuestro* (1955); Pedro Juan Soto, *Spiks* (1956); Emilio Díaz Valcárcel, *El asedio* (1958); Luis Rafael Sánchez, *En cuerpo de camisa* (1966); Piri Thomas, *Down These Mean Streets* (1967); Tomás Blanco, *Cuentos sin ton ni son* (1970); Tomás López Ramírez, *Cordial magia enemiga* (1971); Manuel Ramos Otero, *Concierto de metal para un recuerdo y otras orgías de soledad* (1971); Nicholasa Mohr, *El Bronx Remembered* (1975); Magali García Ramis, *La familia de todos nosotros* (1976); Rosario Ferré, *Papeles de Pandora* (1976); Carmelo Rodríguez Torres, *Cinco cuentos negros* (1976); Manuel Abreu Adorno, *Llegaron los hippies* (1978); Edgardo Sanabria Santaliz, *Delfia cada tarde* (1978); Juan Antonio Ramos, *Démosle luz verde a la nostalgia* (1978); Ana Lydia Vega y Carmen Lugo Filippi, *Vírgenes y mártires* (1981); Pedro Pietri, *Lost in the Museum of Natural History* (1981); Luis López Nieves, *Seva* (1984); Olga Nolla, *Por qué nos queremos tanto* (1989); Iván Silén, *Los narcisos negros* (1998); Loreina Santos Silva, *Cuentos para perturbar el alma* (2000). También incluyamos —que el vientre literario no es escrupulosamente consanguíneo— a hijos adoptivos: Mayra Montero, *Veintitrés y una tortuga* (1981) y Kalman Barsy, *Melancólico helado de vainilla* (1987). Por razones obvias, nos hemos ceñido únicamente al género del cuento y, por razones de espacio, a un solo título por autor.

Esta lista revela apenas un muestrario incompleto del *patois* ciertamente inteligible de los puertorriqueños e ilustres allegados (de Cuba y de Hungría, *verbi gratia*). José Luis González, que no era precisamente individuo de excesos encomiásticos, afirmaba (citamos para no dejar tan solo a Clark en el escaparate): "no existe en el mundo ningún país del tamaño, la población y la situación política de Puerto Rico con una producción comparable siquiera a la nuestra". No nos inventamos la rueda de la literatura puertorriqueña. ¡Qué alivio! Hay tantas tareas por hacer. Esta antología, por ejemplo.

IV

No puede decirse que nuestra literatura no había podido internacionalizarse hasta ahora, señalando, a renglón seguido, la causal más lógica disponible: la falta de representación internacional de la colonia más antigua del mundo. El destierro histórico pesa, pero no tanto para impedir el vuelo. La rebeldía y la terquedad también abren caminos. De Manuel Alonso hasta Mayra Montero pasando por Emilio Díaz Valcárcel, nuestros escritores han logrado publicar en España. José Luis González y Rosario Ferré tuvieron en México su puerta de acceso al exterior. Luis Rafael Sánchez y Ana Lydia Vega lo consiguieron a través de Argentina.

Carmelo Rodríguez publicó en Editeurs Français Réunis. Y así… No pocos escritores han sido traducidos, al menos en una parte de su obra, al inglés, el francés, el alemán y otras lenguas. Por supuesto que ha sido menos de lo justo y de lo necesario. Escritores de poca monta en otros países tuvieron más difusión que escritores excepcionales y vanguardistas como Luis Palés Matos y Francisco Matos Paoli, Julia de Burgos y Ángela María Dávila; y el mismísimo Luis Rafael Sánchez, que ha sido uno de nuestros principales embajadores literarios, emparentado, incluso, al llamado "boom latinoamericano". Pero lo cierto es que aun los libros más conocidos internacionalmente no fueron comprendidos dentro de un todo que podamos llamar "literatura puertorriqueña", sino como textos publicados o traducidos de este u otro escritor más o menos afortunado.

En el escenario local ya es otro cantar, e incluso ha habido un fuerte afán de interpretación en clave generacional. De nuestra parte, pensamos que el concepto generacional tiene tantas fallas estructurales que es mejor dejarlo a un lado. Pongamos un ejemplo evidente. Marta Aponte Alsina, por edad, es de 1945, y, por tanto, no se ajustará a nuestra antología, aunque publique su primer libro de cuentos, *La casa de la loca,* en 1999, y su primer libro en 1994. Para entonces, gente mucho más joven, entre ellos Mayra Santos-Febres (*Pez de vidrio,* 1994), Juan López Bauzá (*La sustituta y otros cuentos,* 1997) y Pedro Cabiya (*Historias tremendas,* 1999), ya habían publicado sus primeros libros de cuentos. Esta es la trampa generacional, paternalista a poco que se rasque, de la que nunca salimos airosos. Tómese en cuenta lo dicho también para relativizar nuestro propio cerco. Incluso, la delimitación que se basa en determinados énfasis temáticos (identidad, política, humor e ironía, género, raza, mística, enfoque detectivesco u homoerótico), si bien es recurrente, no deja de quedar estrecha cuando estudiamos la literatura en sí misma y no a la luz de sus intérpretes canónicos. Descubrimos que nada ni nadie, menos aún la literatura, vive en estado puro, y que, incluso lo más manifiesto en ella, es, comúnmente, solo la máscara que encubre un rostro abierto a relecturas incesantes: rostro profundo, polisémico y rizomático.

V

¿Comenzará ahora el prólogo a esta antología? El camino, en parte, ya se ha mostrado. Falta el otro lado, el que la narra a ella misma directamente. Si difícil es imaginarse una antología completa del pasado, y solo hemos aludido a la región breve del cuento, más difícil resulta armar una antología de un presente que se desparrama entre los dedos. Porque desparramados estamos los puertorriqueños. Si algo define al puertorriqueño es precisamente la indefinición. La cuestión colonial sigue fiel con nosotros: primero España, luego Estados Unidos y, desde 1952, en verdad somos colonia de nosotros mismos. Se siente el hastío en la indiferencia. Pero también la indefinición remite a la ruptura de los límites definitivos y definitorios. ¿Hasta dónde hay que rastrear la puertorriqueñidad como para que se pueda justificar la presencia en una antología de escritores posteriores a la fundación del Estado Libre Asociado de Puerto Rico (1952), por asumir otra fecha trágica que no sea ya la del consabido 1898? ¿El mesurado 100 x 35 tropical que se olvida que es archipiélago inconmensurable? ¿Hasta Hawái, donde habitan unos treinta mil puertorriqueños? ¿Excluiremos a Estados Unidos, donde viven cuatro millones de hermanos y hermanas, nada menos que la mitad de nuestra población entera? ¿Llegaremos hasta la mismísima neodiáspora, que no sigue necesariamente la lógica de los fenómenos migratorios, sino la del gusto, la de la suerte o la del accidente? ¿En qué idioma, además del *patois* boricua, debe saber comunicarse, por supuesto que con altura literaria, para ser antológicamente inteligible? ¿Español, inglés, *Spanglish, any language*? ¿Hasta qué otro extiende sus brazos la otredad iterativa? ¿Hombre, mujer, homosexual, *any color, any idea, any preference*? *Who's any*? El prólogo se atora con tantas preguntas de rigor. Respetuosamente, elegimos simplemente el camino de las contradicciones.

Es sintomático que una mayor expansión de nuestra diáspora talentosa no se traduzca en un mayor interés a nivel internacional por nuestra literatura. Por ejemplo, solo dos autores incluidos en esta antología hemos logrado publicar nuestros libros en una editorial española de difusión internacional: Ángel Darío Carrero (*Llama del agua,* Trotta, Madrid, 2001; y *Perseguido por la luz,* Trotta, Madrid, 2008) y Mayra Santos-Febres (*Sirena Selena vestida de pena,* Mondadori, Madrid, 2000; *Cualquier miércoles soy tuya*, Mondadori, Madrid, 2002; y *Nuestra Señora de la noche,* Espasa Calpe, Madrid, 2006). No es casualidad que se hayan unido (nos hemos abstraído para afirmarlo) para esta causa. Esta antología es, por tanto, un gesto de comunión en la danza de la diversidad, pero es también una apuesta a seguir ensanchando el radio de nuestro ser creativo por la vía de un diálogo abierto con otras culturas. Que la colonia no tiene ni tendrá la última palabra. Que de palabras siempre penúltimas está hecha la literatura.

VI

Un prólogo académico, menos dubitativo y sinuoso, hubiera ido directamente a explicar la metáfora a la que alude el título elegido: *En el ojo del huracán*. Hubiéramos dicho que el ojo es un área de relativa calma en el centro de un huracán. Inferiríamos, de inmediato, que ciertamente no estamos en la ebullición utópica de los 70, que el nuestro es otro tiempo, de relativa calma, tiempo de postmodernidad, de tardomodernidad. Añadiríamos, con cierta impostura intelectual, que, según los meteorólogos, la pared del ojo del huracán es una zona donde se encuentran dos fuerzas opuestas entre sí: la fuerza del aire, que se mueve hacia el centro, y la fuerza centrífuga, que es hacia fuera. Y, entonces, trataríamos

13

de hallar estas fuerzas paradójicas en la relativa calma de los textos de los nuevos narradores puertorriqueños. Les iríamos ofreciendo a los lectores pistas de cómo leer una antología caribeña sin dejarse mojar las medias. Un poco de Derrida por aquí, una pizca de Žižek por allá, una rociadita de Kristeva y estaríamos prácticamente a punto de caramelo y chocolate. Sería un prólogo de ensueño.

Pero no. Queremos que se las mojen, las medias. Así que, desde la relativa calma que es escribir en esta isla, isla del Caribe, les va, desnuda, desnuda de hermenéuticas, falsa, falsamente sigilosa, esta antología huracanada.

ÁNGEL DARÍO CARRERO

Nació en la ciudad de Nueva York en 1965. De sólida formación interdisciplinar, estudió Filosofía y Letras, Teología Sistemática y Lenguas Modernas en México, España y Alemania. Es profesor universitario, periodista, líder comunitario y escritor. Entre sus obras sobresalen los libros de ensayos *Apuntes éticos* (1999) y *Linderos de la utopía* (2010), su edición crítica del *Canto de la locura* de Francisco Matos Paoli (2005), el guión cinematográfico *Julia, toda en mí* (con Ivonne Belén) y los poemarios *Llama del agua* (2001) y *Perseguido por la luz* (2008), publicados ambos por la editorial española Trotta. Tiene en prensa sus recreaciones poéticas del clásico del barroco alemán *El Peregrino Querubínico* de Angelus Silesius. Forma parte de importantes antologías, entre ellas la *Antología de la literatura puertorriqueña del siglo XX* (de Mercedes López Baralt, San Juan 2004), *Cuerpo y sangre* (de Siro López, Madrid 2003) y *Salmo fugitivo* (de Leopoldo Cervantes-Ortiz, Barcelona 2010). Tiene su propia sección en el principal diario puertorriqueño *El Nuevo Día*, titulada *Peregrino y forastero*. Sus libros han sido premiados por el Pen Club de Puerto Rico y por el Instituto de Literatura puertorriqueña; la prensa los ha catalogado consistentemente entre los mejores libros del año. Fue galardonado con el Primer Premio de Periodismo Bolívar Pagán en el 2008. Es uno de los puertorriqueños de mayor relevancia internacional, invitado constantemente a disertar en centros y universidades sobre teología, literatura y cultura postmoderna. La crítica internacional (Ernesto Cardenal, Hugo Mujica, Javier Sicilia, Geneviève Fabry, Hugo Gutiérrez Vega, Cola Franzen, Luce López Baralt, etc.) ha elogiado su obra poética.

TRÁNSITO DE M.

Schwarze Milch der Frühe
wir trinken dich nachts
wir trinken dich mittags
der Tod ist ein Meister aus Deutschland

Paul Celan

I

Normalmente salíamos pronto, pero la máquina (a saber Dios qué tipo de máquina era aquella) no funcionó ese día. Esperamos y esperamos. Al fin nos informaron que no estaría lista, sino hasta la próxima semana. Se quedaron muchos pacientes sin recibir el tratamiento, pero nadie parecía alarmarse por el asunto. "Llamen el lunes o el martes. No vengan sin llamar para que no pierdan el tiempo", dijo la muy comprensiva. ¿El tiempo? Una semana más, una semana menos, qué más da para una corta vida. ¿El espacio? Uno de más, una de menos, qué diferencia puede hacer dentro de este mundo superpoblado.

Aunque era tarde, tenía obligatoriamente que llevar a mi hermana hasta su casa; ruta en la dirección contraria a mi compromiso contigo. En el trayecto me preguntó si sentía la terrible frialdad que se ocultaba tras la afable sonrisa del médico. La invité a confiar en él, insistí en el prestigio que lo rodeaba como una aureola de santidad, aunque a decir verdad pensaba cosas aún peores que ella. Me habló, entonces, del miedo a dejar a los niños, sobre todo cuando uno de ellos era demasiado pequeño. Le prediqué sobre la esperanza con el entusiasmo y la convicción de un recién converso. Salió del auto y me entregó una mirada concentrada de impotencia que yo no toleraba ver en su rostro. Hice bajar el cristal y desde el auto le pregunté: "¿no será que quieres irte de todo esto para no pagar el impuesto que nos van a atragantar en cualquier instante?". Funcionó mi errático humor. Se rio moviendo la cabeza como quien está ante un verdadero incorregible.

Inmediatamente después, salí a tu encuentro. Me mordía los labios por el camino. Iba tarde y todavía tuve que echar gasolina, pero ya mi vida entera iba a contratiempo. Hice algunas llamadas mientras conducía. Trataba de concertar citas con otros médicos para escuchar, por quinta o sexta vez, las mismas opiniones desfavorables.

Nos encontraríamos en la Cafetería La Ceiba. Sin duda, el peor lugar para conversar. Era un punto intermedio para ambos, pero sobre todo fue allí donde nos conocimos. Fiel a mi despiste habitual o, en el mejor de los casos, a mi buen instinto, había entrado al baño de las mujeres. No te asombraste lo más mínimo y yo no me puse nervioso; ni siquiera pedí disculpas como se hace de modo convencional. Ambos actuamos cual seres conscientes del equívoco azaroso —y hasta ridículo— que antecede normalmente a una relación amorosa.

Aunque nunca hubo estabilidad ni asomo de compromiso entre nosotros, existió siempre una callada fidelidad ligada más bien a la intensidad misma de la relación. Pero esta vez había transcurrido demasiado tiempo sin vernos. Vivías en el exterior, pero viajabas a menudo a la Isla. Yo estaba entregado a mi situación familiar, aunque a decir verdad tampoco recaía sobre mí el peso mayor de las circunstancias. Tú parecías ocupada en el porvenir del arte y en la metafísica de los cuerpos contrarios. Ya no me llamabas, pero no por consideración, sino por un enojo que no alcanzaba a comprender del todo. Yo tampoco me comunicaba contigo, escudándome en una tristeza que yo pensaba te sería evidente. Se imponía, al menos, reducir la velocidad de aquel distanciamiento mediante un estudiado retorno al origen.

El lugar estaba llamativamente lleno. Ya habías pedido tu café. En vez de ir directo hasta ti —no sabría explicar por qué— me dirigí hacia el mostrador a pedir uno para mí. La fila era larga a todas luces. Podía sentir tus ojos incrédulos clavados en mi espalda. Siempre has detestado la impuntualidad que impone sobre otros una odiosa espera. Cuando obtuve el café, por fin me senté frente a ti. Hubo un intento de ajustar las miradas, pero no resultó. Nos mantuvimos callados en un recinto de parlamentos excesivos. Un silencio lleno de reclamos indescifrables.

El tiempo comenzó a transcurrir pesadamente. Quise romper el hielo que mediaba entre ambos y puncé, sin que mediaran las palabras: *¿Qué nos ha pasado?* Levantaste tu ceja izquierda y, por la forma acusatoria que adoptaron tus labios, entendí que me decías: *Tú sabrás.* La comunicación silente resultó, pero no me atreví a continuar con este mecanismo afásico. Me dediqué mejor a observarte. Falda corta, pierna cruzada, codo enterrado sin presión sobre el muslo, mano sobre la frente en forma de diadema, brazo cruzado y relajado sobre el muslo, espalda ligeramente encorvada, *tic tac* del pie perteneciente a la pierna cruzada. El segundero exigía un cambio de posición. Espalda contra la silla; codo montado sobre la mano cruzada sobre el muslo de la pierna también cruzada; dedos índice y pulgar: uno sobre la ceja, el otro en el pómulo; dedos sobrantes como cascada en torno al ojo izquierdo…

Me enterneció el viejo ejercicio de la disección. No falla. Quise acercar mi mano para que extendieras la tuya, pero justo antes de comenzar a ejecutar mi deseo, impaciente ante mi patético retraso, agarraste el teléfono celular. El *beep*, como un ángel que anuncia la existencia de mensajes grabados en el vientre del artefacto comunicador, impidió el movimiento. No se me ocurrió una idea mejor que ojear un periódico que segundos atrás una pareja de ancianos había abandonado sobre la mesita vecina. Entre los mensajes que escuchabas había uno mío. Casi podía oírme explicándote que iba a llegar tarde. Marcaste el tres tres veces y tres veces seguiste con atención la ruta de mi voz, como quien practica un discernimiento necesariamente triádico. Luego presionaste el siete con determinación. ¿Guardar en los archivos o borrar? ¿Tregua o ruptura? ¿O fue el nueve? Sentí que habías tomado una decisión. Satisfecha, volviste a colocar el celular sobre la mesa.

Aproveché para dejar el periódico donde había estado antes. Se acercaban nuevos comensales con generosos sándwiches cubanos y humeantes cafés. Aun a distancia podía ver las letras gigantes de la primera plana que anunciaban la fecha en que entraría en vigor el nuevo impuesto. Nuestras miradas se encontraron momentáneamente. Pero la posición ahora firme de tu cuerpo —manos encajadas sobre las rodillas, brazos estirados, hombros tensos como para nado de mariposa, mandíbula apretada, parpadeo veloz— revelaba que estabas a punto de escapar.

Aunque aquel silencio sostenido requería más energía aun que el uso de las palabras, sentí que no poseía las fuerzas necesarias para enfrentarte con posibilidad de éxito. Tenía miedo... ¿Dar rienda suelta al conflicto mediante las palabras no sería acaso el ancla poderosa que me llevaría a instalarme de modo definitivo y con todas las demandas dentro de una relación? ¿Pero no era acaso lo que más quería? Bajé de nuevo la mirada cansada e indecisa. Entonces, aterrado ante la posibilidad de perderte, me escuché de pronto decir: *No lo tomes a mal, pero necesito enfrentar solo esta tristeza.*

El ruido a nuestro alrededor se envalentonó. Para mi total sorpresa, comenzaste a recoger tus llaves, tu teléfono celular, tu bolso y tu hermoso cabello. Antes de ponerte de pie, un corto suspiro y, sin apenas alzar la voz, con una sonrisa de pena dibujada en los labios, te oí decir: *Me voy.*

Saliste de aquel lugar incrédula de haber sido alguna vez el tú repetido de mi boca.

II

Descorre la cortina de la ventana. La luz plateada invade el recinto. Con este introito comienza mi madre a recoger todas nuestras pertenencias como si ya fuera hora de irnos de aquel maldito lugar. Mi padre y yo la miramos con extrañeza. Ninguno de los dos se atrevió a echarle una mano. Sin mover las cabezas, solo los ojos, no dejamos de observarla. Va sacando la ropa guardada en el minúsculo armario. La dobla con paciencia y perfección y la acomoda dentro de la maleta de rueditas. Abre la nevera y guarda en bolsas lo que vale la pena llevarse. Sigue recogiendo aquí y allá con una actitud diligente, pero a la vez reposada. De repente, nos quita de encima las colchas con las que nos protegíamos del frío desmedido. Las guarda también en la maleta y la cierra finalmente. Va colocando algunas cosas en la esquina más cercana a la puerta de salida. Organiza hábilmente su propia cartera.

En el transcurso ha dejado fuera una pieza de ropa de dormir de seda color azul cielo, sin estrenar. Trae del baño una toalla, el jabón, el champú, el frasco de crema para la piel y el perfume favorito. Coloca todo sobre la mesa ajustable en la que se suele servir la comida.

Aunque ya hace unos días que mi hermana no habla ni abre los ojos, que apenas respira, mi madre la observa fijamente como pidiéndole dirección. Peina, entonces, su peluca con el ritmo pausado de una meditación. La deja sobre la cama, junto a la ropa. Vuelve a contemplarla. Entonces comienza a echar a la basura, con determinación, un conjunto de medicamentos experimentales, un surtido de vitaminas que se asegura curan las enfermedades más catastróficas imaginables, así como el remedio de zanahoria con sábila y coñac, el Goji traído del mismísimo Himalaya, las almendras tailandesas, los aceites aromáticos, los frasquitos de vitamina C intravenosa, los discos de relajación… Se detiene junto a la mesita de noche y, entonces, me pide, muy tranquila, que devuelva cuando pueda la reliquia del beato Carlos Manuel. Me dice, con idéntica paz, que el grabado de la Virgen de Guadalupe se puede colocar dentro del ataúd como adorno, llegado el momento. *Llévatelos, por favor, ahora mismo*, insiste con ternura ante mi manifiesta inmovilidad. *¿Dónde vas a meter todos esos libros de oraciones?*, me atrevo a preguntar aprovechando que se había dirigido a mí. *Tíralos también a la basura*, contesta resignada, aunque sin asomo de coraje. Iba a decir algo más, pero las enfermeras llegaron justo en este instante. Mi padre y yo salimos de la habitación llevándonos todas las cosas perfectamente organizadas. Llegamos a la cafetería donde están los niños con mi cuñado. Al vernos llegar tan cargados, él intuye lo peor. Le explico al oído, y como mejor puedo, lo acontecido en la habitación del hospital. Mi cuñado camina de prisa (dentro de la escala de su ritmo desesperantemente pausado), se dirige hacia el ascensor del hospital para unirse enseguida a mi madre y a mi hermana. Mi padre y yo nos quedamos con los niños, que no tardan en acosarnos con sus preguntas precisas, pero veladamente angustiadas. Mi padre no soporta la escena y se retira de nuestro lado con la excusa de fumar.

Comienza a caer una ligera lluvia, con lo cual el sol, lejos de retirarse, brilla más fuerte. Mi madre no tarda en llamar a mi celular para darme la noticia, con una paz incómoda: *Le estamos dando su último baño.*

No hay pasado, ni futuro. Todo acontece en un presente caótico, continuo, interminable.

III

La muerte por fin nos devolvía a casa, al otro extremo de la Isla. Era de noche. El viento, intranquilo, como el que merodea después de días enteros bajo fuertes lluvias. Al bajarnos del auto, sin ponernos de acuerdo, elegimos rutas enteramente distintas. Como si cada uno tuviera que enfrentar el dolor por un camino propio. Mi madre eligió entrar por la parte delantera de la casa. Así era ella: *Hay que encarar la vida de frente, siempre de frente, aunque nos duela.* Mi padre se fue, sin ser notado, por el garaje, en su habitual huida del conflicto, en su eterna fijación por los senderos clandestinos. Yo elegí entrar por la parte trasera: la más cercana a mi antigua habitación de adolescente.

Me detuve estupefacto. El joven ciprés que nos recibía por ese lado se había desplomado. Como un verdadero desesperado, solté los bultos que llevaba en las manos e intenté con todas mis fuerzas ponerlo de pie. Caían gotas pesadas sobre mí. Ni el cansancio, ni el peso, ni la humedad, ni el viento, ni la noche me importaban; solo deseaba devolverlo a su lugar de siempre. Me mantuve un rato abrazándolo. Sentí mi pecho presionado como frágil compuerta. Me sacudieron las imágenes de mis pérdidas recientes. La desgracia que atrae a otras desgracias, desgraciadamente.

Reconocí que el árbol no se sostendría de ninguna manera: tenía todas las raíces por fuera. Llamé a mi padre. Me respondió desde adentro. Le pedí que me ayudara a hacer un hoyo profundo para sembrar el ciprés. Me indicó que mañana. Le ordené que necesitaba que viniese ahora, antes de que se muriera. Me dijo con ternura inusitada: *Ya está muerto, hijo, déjalo ahí, yo lo hago mañana.* Mi madre se asomó por la ventana, mas se apartó de inmediato sin decir nada. Entonces, resignado, lo solté despacio, primero en mis brazos, luego lo recosté sobre el suelo. Sentí el raro impulso de acariciarlo. De alguna manera —no sabría explicarlo— reconocí que el ciprés había caído boca abajo. Le di vueltas hasta encontrarme con su rostro y sus múltiples miradas. Me acerqué. Le susurré como a un ser amado, o como a un ser de mi propia sangre, o como si me hablara a mí mismo: *Mañana, te sembraré mañana.*

Al otro día: ni viento, ni lluvia, ni vestigio. Un futuro informe y los labios descosidos.

Moisés Agosto-Rosario

Nació en San Juan de Puerto Rico en 1965. Su primer libro: *Poemas de la lógica inmune* (1991). Sus poemas y relatos han sido publicados en revistas literarias y en varias antologías. En el 2007 publicó el libro de cuentos *Nocturno y otros desamparos* con Terranova Editores. Junto a David Caleb Acevedo y Luis Negrón coeditó la primera antología gay, lésbica y *queer* puertorriqueña, *Los otros cuerpos* (Ed. Tiempo Nuevo, 2007). Con la misma editorial publicó su segundo poemario, *Inmunología poética* (2010). Es además un portavoz internacional de la campaña de educación sobre el sida.

ROMPECABEZAS

De primera instancia se me partió el corazón al verlo tan ido. Sin embargo, al mismo tiempo, un sentimiento de tranquilidad me hizo pensar que Augusto estaba bien. Su sonrisa, la paz que reflejaba su rostro, me lo confirmó. Augusto se veía feliz, al menos por el momento.

Era hora de irme. Me acerqué, tomé sus manos, las agarré y me las puse sobre el pecho. Luego, observándolas, las besé. Donde quiera que estuviese sabía que iba a recibir ese beso con alegría. Me miró con atención; desde lejos. Sus labios comenzaron a expandirse. Sabía que esa era la sonrisa que desplegaba por el aire cuando, según él, se conectaba con el universo.

Solté sus manos. Se deslizaron sobre su pecho. Los ojos permanecieron cerrados, pero sus párpados temblaban. Sus brazos comenzaron a extenderse horizontalmente. Empezó a ondearlos creando una silueta, dibujando en el aire el símbolo del infinito. Antes de irme, miré alrededor a ver qué podría necesitar. El cuarto era tan sencillo como aquel momento: una cama, una mesa y, en el medio de esta, flores frescas.

No me pareció que iba a necesitar nada urgente. Salí del cuarto, cerré la puerta y comencé a caminar por un amplio corredor. Había varias camillas recostadas contra las paredes, unas vacías, otras con pacientes. Caminé lentamente, como si estuviese saliendo de uno de esos sueños en los que hay una luz brillante al final del pasillo. Necesitaba ver al médico que había ingresado a Augusto. Llegué al despacho de las enfermeras. Mi presencia era invisible. Ellas, en sus uniformes blancos, corrían de un lado a otro, conectando pacientes a máquinas, sacando sangre, escribiendo sobre expedientes y tomando temperaturas. Se detuvieron ante la llegada de un hombre alto con un estetoscopio colgándole del cuello. Entró al despacho pidiendo el expediente de Augusto.

—Con su permiso, yo soy el amigo del señor Tosado. Mi nombre es Esteban del Toro.

Le había hablado a la pared. El médico continuó observando el expediente que una de las enfermeras le acababa de poner en las manos.

—¿Usted fue quien lo trajo? —me preguntó.

—¿Cuál es su nombre, doctor?

—Soy el doctor Sánchez.

—¿Qué cree usted? ¿Qué le digo a la familia? ¿Va estar bien? ¿Volverá en sí? ¿Lo van a internar? —le pregunté.

—Tengo que hacerle varios exámenes para poder llegar a un diagnóstico. En la mayoría de estos casos los pacientes salen de ese estado de parálisis mental en 24 horas. En otros casos toma más tiempo. En muy raros casos, los pacientes nunca vuelven en sí. Recomiendo esperar antes de informarles a sus familiares. Una vez los medicamentos comiencen a hacer efecto puede despertar en cualquier momento.

—Gracias por su ayuda, doctor. Iré a la casa de Augusto a empacar varias de sus cosas.

—Aquí está mi número de teléfono. Llámeme esta tarde. Si no estoy disponible, pregunte por el médico de turno. Él le dejará saber cómo sigue el señor Tosado.

—Gracias por todo.

—No hay problema. No se preocupe. Estoy seguro de que mañana va a estar mejor. ¿Usted se siente bien?

—Sí.

Era domingo en la mañana. El sol brillante me cegó al salir del hospital. Saqué las gafas de sol. Solo así podía ver. Aunque extenuado, mi mente no paraba su flujo de conciencia obsesivo. Traté de concentrarme para encontrar el carro: un Rav 4 Toyota verde oscuro, con una bandera de Puerto Rico guindando del retrovisor. No me acordaba dónde lo había dejado estacionado, así que caminé por cada hilera de autos hasta encontrarlo. Fila G, cuarto carro, allí estaba. Abrí la puerta, entré y noté que el asiento parecía estar fuera de sitio, pero nada que me impidiese manejar. Prendí la ignición, acomodé el retrovisor, que por alguna razón estaba torcido, di reversa y salí del estacionamiento. Tenía un dolor de cabeza insoportable. El sol se reflejó en el cristal; miles de destellos y líneas me impidieron ver con claridad.

Luz roja, pie en el freno y mi mente brincando. Lo único visible en mi mente eran las imágenes de la noche anterior. Bailábamos en el club, pasándola de maravilla. Vagamente me acordaba de cómo y cuándo Augusto se fue en uno de sus trances místicos; cómo habíamos llegado al hospital.

El hospital quedaba cerca de la casa de Augusto. Puse el radio. *KQ ciento cinco, Tiendas Donato, el que vende barato, da la hora… las once de la mañana.* No podía creer que fuesen las once de la mañana.

Sabía que, una vez en la avenida, tenía que pasar dos intersecciones, luego virar una vez a la derecha, dos a la izquierda, tres edificios y entonces el de Augusto. Las luces en cada una de las intersecciones se veían borrosas. Conducía a paso lento.

Saqué las llaves del apartamento y abrí la puerta trasera del edificio. Agarrándome de las barandas, subí tres pisos y salí hacia el pasillo. Caminé lentamente como me lo permitía el cuerpo. Conté los apartamentos y llegué al número cinco. Introduje la llave por la cerradura y se estancó: ni para un lado, ni para el otro. Seguí moviendo la llave hasta que la puerta se abrió desde adentro y una persona extraña se asomó.

—¿Qué hace usted en el apartamento de Augusto? ¿Sabe que está invadiendo propiedad privada?

Una señora en sus cuarenta, con la cabeza llena de rolos y una bata de estampados de flores, me respondió:

—Esta no es la casa de su amigo Augusto. Se equivocó de apartamento.

—Pero este es el apartamento número cinco.

—No, señor, este es el dos.

—Oh, lo siento, señora, de verdad que lo siento. Perdone el inconveniente…

—No se apure, el apartamento 5 es el que está al otro lado —me contestó la señora con una mirada extrañísima.

Avergonzado, me disculpé y enfilé pasos hacia el apartamento correcto. Desde su puerta la señora me preguntó:

—Señor, ¿usted está bien?

—Sí, no se preocupe. Es que estoy un poco cansado. Mi amigo tuvo un pequeño accidente y vine a recogerle unas cuantas cosas para el hospital.

—Ave María Purísima, ¿pero el señor Augusto está bien?

—No se preocupe, él está bien.

Llegué frente a la puerta. Todo me daba vueltas. Giré la llave hacia la izquierda, empujé y un olor a incienso me sacudió las narices. Noté que el apartamento estaba lleno de relicarios, velas, altares, imágenes de cristos, budas y libros, y más libros sobre espiritualidad, budismo, extraterrestres, cristianismo y judaísmo. Los únicos muebles en el apartamento eran su sofá-cama azul tapizado con un material grueso de plástico, sobre el cual descansaban dos cojines manchados de café con la tela descolorida. Un televisor lleno de polvo contra la pared, opuesta a la única ventana en la sala, pillaba una de las esquinas de una alfombra verde de área que no había sido limpiada en varios meses. Estornudé. En la segunda subida de cabeza me fijé que detrás del televisor colgaba un crucifijo inmenso, casi de tamaño natural. De la sala partí hacia su habitación, en la cual había un colchón tirado en el piso, un gavetero apolillado y un radio despertador. Sobre la mesa de noche descansaban varias botellas de aceite, tres velones blancos, incienso y dos o tres libros de oraciones. De las paredes colgaban cuadros pintados por Augusto. Sus imágenes parecían derretirse sobre el *canvas* trazando paisajes, formas y figuras tan desorganizadas como mi mente.

Me dirigí hacia el armario. Saqué una valija. Abrí el gavetero, empaqué dos o tres calzoncillos, un par de pijamas y varias medias. Del baño saqué su cepillo de dientes, jabón, champú, pasta, una toalla y desodorante. De una vez decidí darme un baño. Me desnudé, abrí el grifo y esperé un rato. El vapor subía cuando el agua chocaba con la bañera fría. Con la punta de los dedos rocé el agua. Poco a poco me metí debajo del chorro. Me mojé la cabeza. Sentí como si me hubiesen devuelto la humanidad que había perdido esa noche. Un vapor tibio hizo que la confusión y el ánimo soñoliento se disiparan. Cerré los ojos e incliné la cabeza hacia abajo para sentir la presión del agua rebotar contra el cuello. Despacio abrí los ojos, al mirar el agua correr observé que estaba roja. En ese instante sentí un ardor en la cabeza. Me toqué, tenía una leve herida medio abierta que el agua limpiaba.

Como una película, recordé que dábamos giros en el centro de un vórtice de luz. Líneas movedizas nos daban la vuelta. Bocinas, gritos y pedazos de cristales incrustándose dentro de nuestras pieles hicieron brincar gotas de sangre a los asientos. Vi mi cuello virándose, mi brazo extendiéndose sobre el pecho de Augusto para que su frente no rebotara sobre el cristal astillado. Salí de la ducha aturdido, me miré en el espejo y pude ver la herida en mi frente. Mientras me secaba, noté moretones y raspaduras que sangraban. Sabía que habíamos tenido un accidente, pero no podía recordar cuándo y cómo exactamente. Por eso fuimos al hospital. Corrí hacia el teléfono, para llamar a mi contestador automático. Quería ver si nuestros amigos habían dejado algún mensaje que me ayudara a recordar.

Beeeep.

—Mira, Esteban, es Tato. Nada, quería ver cómo estaban y si Augusto salió del *K hole*. Llámame…

Beeeep.

—Mujer, es Manolo… ¿Dónde están? Me tienen preocupado, no me han llamado. Están en los saunas, lo sé todo. Llámame, que me quedé consternado por Augusto. Hace tiempo que sus viajes transcendentales no me hacen sentido. Con drogas o sin drogas ya van varias veces que se nos ha ido en blanco. Nada, llámame para saber que están bien. OK, goood byyye…

Beeeep.

—Esta llamada es para el señor Esteban del Toro. Favor de comunicarse con el señor Rodríguez para discutir sobre el accidente de anoche. Es importante que hablemos para procesar el aspecto legal de su compensación. Espero que esté mejor y que su amigo se pueda recuperar pronto. Por favor llámeme lo antes posible, mi teléfono es el 897-0876. Nuestras horas de oficina son de lunes a viernes, de nueve de la mañana a cinco de la tarde…

Llamé a Tato y a Manolo, pero ninguno contestó. No me quedaba más remedio que llamar al señor Rodríguez y ver qué había sucedido la noche anterior. Marqué el número: la oficina estaba cerrada.

La curiosidad me mataba. Decidí ir al hospital a preguntarles a las enfermeras. Me puse una camiseta de Augusto y los mismos mahones manchados de sangre. Tomé la valija y me dirigí hacia el elevador. Para sorpresa mía, allí parado, con torceduras y cristales rotos, el auto me confirmó la memoria entrecortada de la noche anterior.

Por más que trataba no podía poner todas las piezas juntas.

Mi mente, fragmentada en episodios, me saboteaba el fluir de la conciencia. Podía recordar del club, lo bien que nos sentíamos bailando juntos, sudando juntos, tocándonos, besándonos, flotando, y de Augusto; cuando de momento alzó sus manos y comenzó a gritar *estamos sanando el mundo*. También de Manolo, Tato y yo tratando de calmarlo cuando comenzó a convulsionar, a hablar en lenguas. Lo sacamos del club, lo montamos en mi carro y después, en blanco; no más recuerdos hasta que me encontré frente a Augusto en una cama hablando en lenguas; y un médico diciéndome que había que esperar. Luego aquella sangre seca en mi cabeza, el llamado a mis amigos y el señor Rodríguez.

Lo único que sabía con certeza era cómo llegar al hospital: dos virajes a la derecha, un viraje a la izquierda y salir a la avenida hasta ver el letrero alumbrado, San Martín. Corrí hacia el mostrador y pregunté por el señor Augusto Tosado. La recepcionista me informó que se encontraba en el tercer piso. En el despacho de enfermeras pregunté nuevamente. Ellas se acordaron de mí:

—¿Cómo se siente, señor Del Toro? No se olvide que tiene que dejarse ver por un médico.

Usé esa oportunidad para preguntarles cómo había sido el accidente.

—Ay mijo, llegaron aquí como a eso de las cinco de la mañana. Usted tenía golpes en la cabeza, sangraba mucho. Su amigo, aunque no tenía heridas mayores, deliraba, hablando sin sentido, un poco esquizofrénico.

—Sí, pero ¿qué paso? ¿Cómo fue el accidente?

—No sé, señor Del Toro. Ustedes llegaron aquí solos. Tendría que revisar su expediente y el suyo lo tiene el doctor Sánchez.

—¿Cómo puedo encontrar al doctor Sánchez?

—Bueno, él está dando ronda en el piso siete. Espérelo en el cuarto del señor Tosado. Una vez que llegue, yo le dejaré saber que usted necesita hablar con él.

Augusto dormía tranquilo. Lo observé: tenía moretones. Me

senté en la silla junto a la cama a esperar por el doctor Sánchez, o a que Augusto se despertara. Incliné mi asiento hacia él recostando la cabeza sobre la cama. Mis ojos se sentían pesados. Poco a poco me fui yendo lejos. Una mano me dio dos palmadas en el hombro:

—Señor Del Toro, señor Del Toro. Soy el doctor Sánchez.

Cuando levanté la cabeza, Augusto estaba con los brazos extendidos, cantando versos irreconocibles. Lo observé como si estuviese al otro lado de una verja jugando a su juego favorito. Quería decirle que me dejara jugar con él, que me enseñara sus trucos, que me dijera los secretos de llegada a esos otros mundos por los cuales él andaba. Pero la mano pesada del doctor Sánchez me rescató del deseo de volar con Augusto. El médico hizo una señal con la mano para que lo siguiese. Una vez que salimos, yo inmediatamente le pregunté qué había sucedido.

—Su amigo parece estar pasando por algún tipo de trauma o pérdida de razón. No sabemos si es temporal o por cuánto tiempo seguirá así. Tenemos que observarlo por veinticuatro horas. Este tipo de pérdida de razón o paranoia esquizofrénica en la mayoría de las veces se debe a una depresión de mucho tiempo, causada por la soledad, por el uso excesivo de drogas recreacionales o por razones genéticas. Si quiere, usted puede irse y comunicarse con los familiares del señor Tosado. Lo más probable es que él necesite algunas pijamas, cepillo de dientes, ropa interior…

—Sí, pero ¿qué sucedió?, ¿cómo fue el accidente? —pregunté.

—Tengo que ir a buscar su expediente a mi oficina. Vaya donde la enfermera y pídale que le limpie las heridas de la frente. Después espere por mí en la habitación del señor Tosado.

Todavía soñoliento, regresé a la habitación de Augusto. Volaba con sus imaginarias alas. Una paz suave y tibia me calmó la ansiedad. La armonía de su rostro me hizo apreciar la realidad que no podía evadir más: mi amigo de tantos años había decidido caminar su camino; allí estaba, feliz, en su esquinita de la vida. Y yo, en mi lado de la verja, dejándolo ir bajo sus propios términos. Me senté junto a su cama, recosté la cabeza sobre sus muslos y le acaricié las piernas, rozando mis dedos entre los vellos que le cubrían la piel. Al vaivén de mis caricias me volví a dormir, escuchando los cantos celestiales de su boca.

Yolanda Arroyo Pizarro

Nació en Puerto Rico en 1970. Es novelista y cuentista puertorriqueña. Fue elegida una de las escritoras latinoamericanas más importantes menores de 39 años del Bogotá39 convocado por la UNESCO, el Hay Festival y la Secretaría de Cultura de Bogotá. Es autora de los libros de cuentos *Historias para morderte los labios* (2009), *Ojos de Luna* (premiado por el Instituto de Literatura Puertorriqueña; incluido entre los mejores libros del año 2007, según el periódico *El Nuevo Día*) y *Origami de letras* (2004). Publicó además el libro de poesía *Medialengua* (2010) y las novelas *Los documentados* (Finalista Premio PEN Club 2006) y *Caparazones* (2010). Su obra forma parte de las antologías *Bogotá 39* (Colombia, 2007), *Los Otros Cuerpos* (PR, 2007), *La mujer rota* (México, 2008), *El futuro no es nuestro* (Argentina, 2009), *El libro de voyeur* (España, 2010) y *Solo cuento* (UNAM, México 2010). Lleva religiosamente el blog cibernético *Boreales*.

FAHRENHEIT

Bajaré la voz. Lo diré en un susurro. Te llamaré Walter, y cerraré los ojos cuando te bese. Apagaré las luces cuando te frotes sobre mí y acaricies afanosamente mis pechos. Les contaré a mis amigas de tu Hombría, de lo guapo que eres, de la suavidad de tus labios y de cómo has sido el primero en hacerme venir. Me callaré el detalle de las manos. Tus manos como genitalia que me palpitan adentro y que me frotan los montes abultados afuera. Diré que me penetras fuertemente, como si pudieras. Me guardaré el recuerdo de cómo me afeitas, de cómo me abres las piernas y me suavizas con dedos y cremas. Callaré la referencia de cuando lames mi todo y cuando, con ello, destierras a cualquier otro anterior. Llevaré tu perfume de Hombre siempre en mi memoria. Esencia de macho posesivo de mí. Olor de tu cuello. Aroma Fahrenheit.

Diré a los familiares que trabajas demasiado, que esos días de fiesta estás ocupado, que quisieras conocerlos pero se te hace imposible. Evitaré nuestros públicos encuentros. Veré cuánto me dura. Limitaré mi ansia de compañía perenne a nuestra cama; ese será nuestro rincón, hábitat revolcado de piernas y brazos, cabellos largos entre cabellos largos. Mentiré. Me mentiré con tus olores. No pensaré en todos los labios de tu cuerpo. Cerraré los ojos cuando te clave las uñas a la espalda. Me convenceré frente al espejo. Ignoraré tus pantallas, tus uñas largas pintadas, tu falda sobre una butaca. Me sumergiré en tu centro acalorado. Esconderé el secreto.

Mario Santana-Ortiz

Nació en Ponce, Puerto Rico, en 1968. Tiene un bachillerato en Comunicación Pública de la Universidad de Puerto
Rico, Recinto de Río Piedras, y un *juris doctor* de la misma
universidad. Ha trabajado en siete medios de prensa, entre
ellos los diarios *El Nuevo Día* y *El Vocero*. Ahora labora
en el semanario de negocios *Caribbean Business*. En tres
ocasiones ha obtenido el primer premio en la categoría de
reportaje especial para prensa escrita de los Premios Nacionales de la Asociación de Periodistas de Puerto Rico. En el
2008 recibió el premio Eddie López a la excelencia en el
periodismo del Club Ultramarino de Prensa. Recientemente publicó su primer libro de cuentos: *Secuestros de Papel*
(Ed. Pasadizo, 2010).

LOS MAUSOLEOS

Acaba de morir, después de un exilio no muy largo, quien había sido nuestro dictador durante veintiún años.

Su familia solicita al Gobierno, el cuarto gobierno producto de una muy imperfecta democracia, permiso para enterrar a su ilustre pariente en suelo patrio. La petición provoca un debate que parece volver a fracturar nuestra sociedad, que reabre las heridas, al menos las de los sectores que hacen y consumen opinión pública. Por eso no es extraño que en el café cercano a la universidad del Estado el asunto levante pasiones. Yo, un estudiante graduado de Historia, irrelevante para los que sujetan los hilos del poder, me hago eco de la propuesta del sector más recalcitrante de la izquierda, tan perseguida y atacada en los años de dictadura y que se había quedado esperando una gestión más efectiva de la democracia para traer de vuelta al sátrapa y juzgarlo por sus numerosos crímenes.

—Un mausoleo —dije— dedicado a los muertos del dictador, cuyas paredes exhiban los datos conocidos y por conocerse del daño que hizo, de las prebendas, de sus asociados y aliados, de la fortuna que amasaron saqueando este país. Un mausoleo que exhiba, como pieza principal, como plato fuerte, el cuerpo momificado del dictador, para que lo insulten y vituperen esta y las generaciones por venir, hasta la eternidad.

Mi propuesta, que había hecho mía al añadirle elementos no contenidos en la original y que tan bien había detallado, valiéndome del odio, fue recibida con aplausos y gestos de aprobación.

—Es una idea estúpida —dijo alguien, desde el fondo del café.

Esa opinión tan rotunda (e injusta) salió de los labios de José Eustaquio López Sanjurjo, antiguo empleado clerical de la universidad, retirado hace varios años, cliente asiduo del café y quien se había dado a conocer entre nosotros más por su mutismo que por sus opiniones. López Sanjurjo es un anciano de bigotes teñidos de nicotina, pelo blanco y escaso, espalda arqueada (como si le pesara el pecho) y una enjutez que sobrelleva con la dignidad que podía.

—¿Qué conoce usted de nuestra realidad nacional? —le espeté. Estaba incómodo por el adjetivo con el que había calificado mi propuesta y, para vengarme, quise recordarle su condición de extranjero, pues, hasta donde sabíamos, José Eustaquio López Sanjurjo era un español veterano de la guerra civil de su país, dato que —supongo— le granjeó simpatías mientras vivió Franco. Pero hacía mucho de eso.

—Otro error. ¿O cree que su país es el único que ha tenido que decidir cómo dispone de los restos de su opresor?

—Franco está en una tumba labrada dentro de una montaña, conforme a sus deseos —le recordé.

—Porque las fuerzas políticas de España, más deseosas de una transición pacífica a la democracia que de un ajuste de cuentas, lo permitieron. Un concepto muy distinto al que usted propone.

—Precisamente —le aclaré— nuestra propuesta a lo que aspira no es a reverenciar, sino a ultrajar, la memoria del dictador; algo distinto y novedoso.

—Ni tanto.

—¿Cómo así?

—Hace ya muchos años presencié un debate similar. Es esta similitud la que me ha llevado a intervenir en esta discusión que, le confieso, me duele más de lo que me apasiona. Pero creo que, si escucha con detenimiento, al final coincidirá conmigo.

Esta es la historia que el viejo José Eustaquio López Sanjurjo contó:

"Mi padre, José Ramón López Pernaz, fue un intelectual de Sevilla y una de las primeras víctimas de la guerra civil. Mi madre, Cayetana de Los Ángeles Sanjurjo Rivera, logró llevarnos vivos a Madrid. Mis dos hermanos mayores, José Ramón y José María, de inmediato se unieron a la lucha por salvar la Segunda República. Unos meses después, cuando cumplí diecisiete años, también me hice soldado. No había cumplido yo dieciocho cuando murió en combate José Ramón. A los diecinueve asesiné a un sacerdote que se había abrazado a una estatua de la Virgen, para protegerla de la violencia antirreligiosa. Creí que esos excesos eran necesarios para la nueva España que construíamos. Antes de yo cumplir los veintiuno nos enviaron a José María, a Cayetana, a Rocío y a mí a la Unión Soviética, para protegernos de la venganza de los militares alzados, cuya victoria era inminente. Nunca más supimos de mi madre, a pesar de nuestras pesquisas posteriores.

"Rocío, entonces de nueve años, y Cayetana, de dieciséis, se quedaron en un orfelinato en Bielorrusia. A José María y a mí nos enroló el Ejército Rojo. En Polonia oriental me hirieron de bala. Convalecí en Moscú. Luego entré a formar parte de la guardia personal de Stalin. Creí que era un premio a mi compromiso político, probado en combate contra los fascistas y contra los polacos. Con los años me di cuenta de que mi pobre dominio del ruso me permitió acceso a reuniones en las que se debatían asuntos de máxima seguridad. Las órdenes eran sencillas: estar siempre parapetado con un fusil en el umbral de una puerta, siempre silencioso, como si no existiera, y siempre pendiente, ante todo y contra todos, de la integridad física de Stalin.

"En mayo o junio de 1945, no lo recuerdo bien, se debatió en el Kremlin un asunto que, por la tensión reflejada en los rostros, debía ser espinoso. Era una reunión del Comité Estatal de Defensa, todopoderoso, el gabinete especial de gobierno que creó y presidió Stalin durante los terribles años de guerra contra la Alemania nazi. Veinte millones de muertos es un número que podría darles una idea de lo formidable de la empresa.

"Cuatro hombres formaban, con Stalin, el Comité de Defensa. Estaban allí, principalmente, por su fidelidad al líder, pero no deben subestimarse por ese hecho. Sobrevivieron purgas que a otros —tan comunistas y talentosos, quizás más que ellos— les costaron la vida o el destierro en un gulag. Bajo la jefatura de Stalin, gobernaron a sangre y fuego sobre un país, sobre un sistema basado en la igualdad, más parecido a un imperio y en el fondo ingobernable.

"—Miren lo que nos regala Kuzov —dijo Lavrenti Pávlovich Beria, jefe de los servicios de seguridad soviéticos. Calvo, de lentes pequeños y facciones redondas, Beria parecía mucho más dócil de lo que se contaba sobre él. Nacido en Georgia, como Stalin, se había abierto paso en la política como represor, primero desde los órganos de seguridad interna en el Cáucaso, después como jefe indiscutible del temido NKVD.

"Beria extendió sobre la mesa unos documentos que había entregado el mariscal Gueorgui Konstantinóvich Zukov, el más popular de los generales de la contraofensiva soviética. Cuatro años y medio antes había emprendido la exitosa defensa de Moscú, dos años después había roto el cerco nazi sobre Leningrado y ahora era el triunfante comandante de las fuerzas de ocupación en la destruida Berlín. Se rumoraba que Beria le temía a la popularidad de Zukov, pero que quien más la temía era Stalin.

"Desde donde yo estaba no pude ver los papeles. Sí escuché parte de la historia que narró Beria. Un soldado había hecho, pocas semanas antes, un descubrimiento dramático: un cuerpo ardía a la entrada de un búnker en Berlín hasta que el soldado, convocado no se sabe por cuál sortilegio, tuvo la oportuna iniciativa de rescatarlo de las llamas. No recuerdo si el nombre del soldado se dijo en la reunión. Especulo que, como recompensa, o para asegurar su silencio, lo habrán nombrado a un alto cargo del Partido en uno de los pueblos que en los años siguientes habrían de fundarse en el Asia central. El resto de la exposición de Beria solo la pude seguir fragmentadamente. Sé que habló de unas placas dentales que ocuparon en Berlín y que confirmaban la identidad del cuerpo. Era Hitler. Advirtió que los aliados, que se iban tornando cada vez más abiertamente en enemigos, desconocían el hallazgo.

"—¿Qué hacemos ahora con este cuerpo? —preguntó Beria.

"Viacheslav Mijáilovich Molótov, mano derecha de Stalin durante muchos años, y jefe de la diplomacia soviética, advirtió la necesidad de informar a los aliados. Recordó los acuerdos alcanzados con Roosevelt y Churchill. Dijo que el buen nombre de la Unión Soviética estaba en juego. La disposición del cuerpo de Hitler no era un asunto a decidirse unilateralmente.

"Habló luego Gueorgui Maximiliánovich Malenkov, cuyo camino, más que el de cualquier otro en el salón, se había labrado de la mano de Stalin, de quien había sido su secretario personal cuando apenas era un jovencito graduado de una escuela técnica. Malenkov propuso un mausoleo cuyo interior exhibiría el cuerpo del enemigo supremo, es decir, la evidencia del triunfo del proletariado sobre el fascismo.

"Parece que se había puesto de acuerdo con Beria, como ocurrió tantas otras veces durante el curso de la guerra, en la que ambos se hicieron cargo de supervisar la producción bélica, lograda, en buena medida, con la mano de obra forzada en los gulags.

"—Adelantándome a ese planteamiento —dijo Beria— mi oficina preparó unos planos—. Antes o después desplegó sobre la mesa varios rollos de papel. Por lo que le escuché a Beria, eran los planos de un mausoleo de proporciones monumentales. Coronarían el mausoleo dos estatuas, llenas de realismo socialista, de un hombre y una mujer que, con las manos extendidas al cielo, sostendrían la hoz y el martillo. Beria irradiaba entusiasmo. Malenkov sonreía.

"—A mí me parece peligroso —comentó Anastas Ivánovich Mikoyán, armenio, encargado del transporte de provisiones durante la guerra. Mikoyán pudo haber pasado fácilmente por un habitante de este país: tez aceitunosa, frente ancha, nariz aguileña, bigote espeso y mentón partido. Más allá de su advertencia de peligro, no se comprometió con ninguna posición. Quizás esa era su principal virtud política y por eso fue el único del comité que se retiró de la vida pública por voluntad propia, después de ocupar cargos prominentes para cinco líderes soviéticos.

"Molotov volvió a tomar la palabra. Era uno de los pocos bolcheviques de Petrogrado que participaron en la Revolución de Octubre de 1917 y luego sobrevivieron la gran purga de la década del 30. Su asociación con Stalin databa de 1912, cuando ambos fundaron *Pravda*. Su influencia, sin embargo, desde hacía varios años estaba en declive.

"De cabeza grande, con profundas entradas, bigote y labios pequeños, Molotov habló como era su estilo: tan pausado que podía parecer pedante. Se dice que no hubo día en que no fuera a trabajar sin su traje y corbata oscuros.

"—El camarada Beria presenta un proyecto de carácter épico, como la guerra que hemos librado. Creo prudente, y viene al caso, hacer varias rectificaciones. Probablemente ya saben que mi esposa, Polina, es judía...

"—¡Camarada Molotov! —interrumpió Malenkov—. ¿Cómo es posible que a un proyecto del Pueblo usted anteponga algo tan nimio como sus circunstancias personales?

"—Si me permite continuar el camarada, verá la relevancia... Dije que Polina es judía, circunstancia que ya hubiese querido yo nimia, como señala el camarada Malenkov. Pero no lo fue para el invasor nazi ni mucho menos para sus SS. La familia de Polina es de Kharkov. De las primeras acciones que emprendieron las

SS en la ciudad fue indagar sobre las familias judías, separarlas del resto de la población, y obligarlas a caminar más de dieciséis horas. Mujeres, niños y ancianos también debieron hacer la difícil marcha, en la que la indisciplina, o el llanto excesivo, costaban la vida. En un claro de bosque los prisioneros cavaron una fosa. Hecha, los obligaron a arrodillarse y uno a uno recibieron un tiro en la nuca antes de caer al fondo. Con los más niños y ancianos no quisieron malgastar balas. Solamente los empujaron. Luego, obligaron a habitantes no judíos a tapar la fosa. Muchos colaboraron de muy buena gana.

”Beria, probablemente acostumbrado a la brutalidad que ejercía desde su puesto, miró a Molotov con cara de circunstancia. Le pidió que explicase cómo su relato contradecía los nobles propósitos del mausoleo.

”—El mausoleo sin duda demostrará la derrota física del nazismo. Pero ¿demostrará que somos mejores que ellos? —preguntó, a su vez, Molotov.

”—No te entiendo, Viascheslav Mijailovich —le dijo Beria.

”—¿Qué dirá ese mausoleo? ¿Qué les dirá a los polacos, a los checos, a los húngaros? ¿Qué les dirá ahora que nosotros somos la fuerza de ocupación? ¿Dirá que ganamos porque somos mejores que los nazis? Y lo que es peor: ¿acaso no corre riesgo tu proyecto de convertirse con el tiempo en un monumento de exaltación al nazismo?

”Hubo un silencio, largo y profundo, que quedó interrumpido por el rechinar de la silla donde se sentaba Stalin. El líder se levantó, como emergiendo de las sombras. Los demás se levantaron también, como movidos por resortes. Durante la reunión había permanecido callado, casi invisible, si es que Stalin, señor de la vida y de la muerte, podía pasar desapercibido.

”Conocido por todos su estilo, litúrgico pero seco, esperábamos su sentencia final sobre el asunto.

”—Ese no es el cadáver de Hitler —dijo”.

En el café tardamos un rato en asimilar el cuento sobre la reunión del gabinete de Stalin, de cuya veracidad sigo dudando porque tiene demasiados detalles para haberla escuchado sesenta años antes un soldado español que no entendía ruso.

—Suponiendo que eso que nos dice, ese relato tan fantástico, es cierto, ¿cree usted que es justo quitarle a una víctima del nazismo la oportunidad de escupir en entera libertad la urna que exhibe los despojos de su más odiado enemigo? —le pregunté esa tarde.

—A Cayetana y Rocío las mataron las SS, probablemente por refugiadas de la guerra en España o quizás porque, a los ojos de sus asesinos, no eran niñas, sino excombatientes.

—Entonces un tonto prejuicio de Stalin le negó a usted su derecho de vejar al verdugo de sus hermanas.

—Nunca hubiese deseado tal cosa. ¿Sabe? He visto tantas venganzas que si algo he querido es otra forma de hacer la vida... Creí encontrarla en este país, donde la gente se trata con tanta familiaridad, donde la sensación de fiesta puede ser tan contagiosa, a donde había logrado emigrar José María, al final de la Segunda Guerra Mundial, donde fue acogido por notables del exilio español, hasta convertirse en un escritor menor, respetado en el pequeño ambiente académico. Mi hermano me mandó a buscar al final de la década del 50, cuando ya me había casado y tenía un hijo. Bajo la promesa de una vida mejor que la austeridad soviética, me atreví otra vez al desarraigo del exilio. Llegué con una esposa que nunca se acopló al calor de estas tierras y un hijo que creció bajo la sombra de las vidas que a mí y a su tío nos tocó vivir, sin una idea muy precisa de cuál era su nacionalidad. El muchacho quiso labrar su propia historia épica. Ingresó a la guerrilla. Poco después vino el golpe de Estado. Él es uno de los primeros desaparecidos. Raisa, mi esposa, sintiendo que aquí no le quedaba nada, regresó a su país. José María y sus hijos hicieron lo mismo con España, con la nueva España democrática que buscaba un nuevo porvenir y con cuya vida académica había establecido

50

lazos, aun antes del golpe. Yo me quedé porque no había nada más por lo que podía luchar.

Todos callamos.

—¿Y a qué teme usted? ¿Que un mausoleo que exhiba al dictador victimará al victimario? —pregunté, sin conmoverme.

—Me importa un carajo el victimario. Pienso en Papá, cuyo último pensamiento, si es que las balas le permitieron tenerlo, debió haber sido que dejaba desamparados a cinco hijos y una esposa. Pienso en Mamá, y no puedo evitar imaginarla pidiendo limosna o prostituyéndose en las calles destruidas y hambrientas del Madrid de la posguerra. Pienso en José Ramón, un muchacho de veintidós años ilusionado con la idea de defender la causa por la que su padre había muerto. Pienso en Cayetana y en el vestido que prometí regalarle para su vigésimo cumpleaños. Pienso en Rocío. Todos los días recuerdo cómo me llamaba "papá" y me abrazaba, durante mis escasas visitas al orfelinato. Yo era el hermano más apegado a ella. Rocío olía a pan y a leche. Lo vivido no le había robado las ganas de reír. No creo que los nazis supiesen que tenían en sus brazos una princesa... Pienso en mi hijo, Pavel, que nos envidiaba a su tío y a mí porque vivimos una supuesta época heroica. Nunca hizo caso a las muchas veces que le dije que el verdadero privilegiado era él...

Podría ponerme a argumentar con usted que hay una maldad que es tan despreciable que no se le puede oponer ninguna forma de venganza, porque intentarlo solo la reivindicaría. Pero lo verdaderamente importante para mí es que su mausoleo no le hará justicia a ninguno de mis muertos.

José Liboy Erba

Nació en Santurce, Puerto Rico, en 1964. Su obra ha sido ampliamente difundida en revistas y periódicos. Ha sido incluido en las antologías *El rostro y la máscara* (1995), *Mal(h)ab(lar)* (1997) y *Los nuevos caníbales* (2000). Tiene un libro de cuentos: *Cada vez te despides mejor* (Isla Negra Editores, 2003).

EL TOCADISCOS DE AGUJA

El tocadiscos compacto acababa de salir al mercado. Era una máquina nueva para nosotros y uno se enteraba de que existía por medio de revistas, ya que no había cable TV ni Internet. Yo me había criado con un primo que siempre estaba pendiente de estas novedades. La película *Star Wars* la fui a ver con un grupo de la escuela superior, pero mi primo me mostraba algunas escenas en una revista. De la misma manera, me había enseñado el tocadiscos compacto. Cuando empecé a trabajar, me propuse comprar un tocadiscos compacto, pero mi padre me sugirió que comprara mejor un tocadiscos viejo.

—¿Por qué si dicen que el tocadiscos compacto tiene mejor fidelidad y es más liviano que el tocadiscos de aguja? —le pregunté.

—No debes pensar en términos de fidelidad —me dijo mi papá—. Debes mejor considerar los sentimientos.

—¿Sentimientos? —le pregunté.

—Sí, los sentimientos. Yo te voy a contar ahora una historia para que tengas presentes los sentimientos a la hora de escuchar música. A tu abuelo no lo conocimos, aunque vendía radios de onda corta. Una vez, cuando salió el tocadiscos estéreo, yo quise comprar uno. Pero tenía que ver si compraba el tocadiscos o un radio de onda corta que el hermano mayor de tu abuelo salió a venderme cuando empecé a trabajar.

—¿Hay alguien que quiera venderme algo? —le pregunté.

—Exacto —me dijo—. Es una muchacha que sabe que tu abuelo vendía radios de onda corta y a la que le sorprende que estudies en una escuela religiosa. Ella cree que tu abuelo pudo haber sido físico si hubiera podido estudiar. Incluso dice que le robaron inventos de electricidad. Ahora resulta que ella dice que los tocadiscos de aguja son mejores que los nuevos tocadiscos compactos. Yo te aconsejaría que compraras un tocadiscos de aguja primero y que dejes pasar los años.

—¿Es ella la que va a venderme el tocadiscos viejo? —le pregunté.

—No —me dijo—. Espera a que alguno de tus amigos salga de uno y se lo compras usado. Yo voy a hacer arreglos con tu tío para que vendas tocadiscos de aguja nuevos, pero tú cómpralo usado. Yo creo que eso le va a agradar a la nena. Según me han dicho, ella quiere poner un negocio de tocadiscos de aguja mejores. Algunos tocadiscos son alemanes y otros son ingleses. Si hablas con su novio, o con alguno de sus amigos, seguramente te diga que la fidelidad del tocadiscos viejo es mejor y que el sonido del compacto es frío y desapegado. La fidelidad es una característica sicológica. Puede ser que la fidelidad del tocadiscos nuevo no sea mala, pero todo el mundo está vinculado sentimentalmente a los tocadiscos viejos.

Hice lo que mi papá me sugirió y esperé a que alguno de mis amigos saliera de un tocadiscos de aguja para comprárselo de segunda mano. Le conecté el tocadiscos usado al viejo amplificador de mi papá. Aunque los discos de vinilo ya eran cosa del pasado para la época en que yo empezaba a trabajar, compré casi toda la música nueva en discos de vinilo. Dio resultados el consejo de mi papá, ya que casi enseguida pude no solamente trabajar con él, sino vender tocadiscos viejos. Había un señor cubano que quería salir de un lote de tocadiscos viejos y me los ofreció al costo para que pudiera obtener algunas ganancias.

Recién comprado el tocadiscos viejo, lo vendí casi enseguida y compré otro con más cosas. Le agradaba a la nena que me los vendía que no comprara los compactos nuevos y esa era nuestra relación sentimental. Ella me presentó algunos amigos que me hicieron demostraciones en sus casas de tocadiscos finos y algo más costosos. Todos deploraban que el tocadiscos compacto se quedara con la industria del disco y constantemente defendían a las personas que vendían tocadiscos viejos. Yo a veces razonaba con ellos. Por ejemplo, les contaba que mi abuelo, que vendía radios de onda corta, se había quedado algo rezagado cuando salió el tocadiscos y que nosotros, los miembros de su familia, estudiábamos en escuelas religiosas y no en escuelas técnicas. Pero los amigos de la nena seguían absortos en la discusión sobre la defensa de los viejos tocadiscos.

La cuestión es que pasaron los años y que mis relaciones con la nena no se dañaron. Como ella defendía mucho los tocadiscos viejos, no nos quiso decir que había empezado a vender los nuevos. Para no dar su brazo a torcer, vendía los nuevos, pero muy caros. Yo me fui olvidando de los tocadiscos y pensé mejor en ser papá, ya que esa meta no tiene nada de novedosa. En los nuevos discos los cantantes exageran que los muchachos de mi época prefieren estar más con sus hijos y menos con sus esposas. Los hay que tienen a sus hijos criados por madres ajenas. Yo les dejé el asunto de los tocadiscos a mis padres, y ellos mismos compraron tocadiscos compactos cuando el tocadiscos viejo ya empezó a ser algo raro y muy difícil de conseguir.

Aunque tenía una colección de discos de vinilo bastante gruesa y pesada, cuando nació mi hijo dejé de escuchar música. Ahora me pasaba la mayor parte del tiempo pensando en mi hijo y ya no pensaba en la nena que me vendía los tocadiscos viejos. La había dejado olvidada porque no era mi novia. Me había tratado con cierta distancia porque yo era para ella el nieto del vendedor de radios de su pueblo. Supe que su negocio había crecido y que incluso vendía tocadiscos compactos para carro, algo que yo siquiera lejanamente había pensado poner en mi carro. Más nieta de él parecía ella, que seguía vendiendo tocadiscos, que yo, que me había dedicado a escribir cuentos para mi hijo y otros niños de su edad.

Cuando mi papá estaba casi al borde de la otra vida, volvió a hablarme de lo que él quería que hiciera yo con los tocadiscos en los años siguientes a su fallecimiento. La muchacha que me vendía los tocadiscos había tenido una hija, y la traía a la casa de vez en cuando con una de sus nodrizas. Un día en que trajeron a la nena chiquita, mi papá me volvió a hablar de los tocadiscos.

—Estuve en una tienda de descuentos que está liquidando unos tocadiscos de aguja a precios muy módicos. Yo compré uno y lo traje a la casa. Ahora, quisiera que para que durara compraras otro.

Aunque yo hubiera preferido comprar un tocadiscos compacto, le hice caso a mi papá y compré otro tocadiscos viejo para mí. Me puse a pensar menos en mi hijo y otra vez en el asunto de la muchacha que me vendía los tocadiscos.

—No voy a durar mucho —me dijo mi papá—. De manera que yo te aconsejo que le sigas dando el gusto de comprar tocadiscos viejos. Deja que tu mamá se encargue de comprar los tocadiscos nuevos.

Como dos años después de la muerte de mi papá, todavía seguía oyendo música en los tocadiscos viejos y pensando menos en mi hijo. Ahora tenía que tener presente el asunto de los tocadiscos otra vez. Un día en que nadie me estaba mirando, compré un disco compacto de todos los *hits* de un grupo que cantaba muchas canciones sobre los niños y sus padres. Casi no escucho música ahora, pero de vez en cuando escucho a ese grupo en particular. No pienso en la novedad de los nuevos aparatos. El tocadiscos compacto que nunca tuve de joven ya es una cosa vieja, igual que la música que escucho todavía. Pero para oír música me dejo llevar por sentimientos.

PEDRO CABIYA

Nació el 2 de noviembre de 1971. Obtuvo una maestría de la University of Michigan, mención en Literatura Medieval. Se doctoró en Stanford University. Escritor, poeta y guionista. Irrumpe en el mundo literario con el libro de cuentos *Historias tremendas* (Isla Negra, 1999), galardonado Mejor Libro del Año por Pen Club International. En años subsiguientes publica *Historias atroces* (Isla Negra, 2003) y las novelas *Trance* (Norma, 2007), *La cabeza* (Isla Negra, 2005) y *Malas hierbas* (Zemí Book, 2010). Ha participado en antologías internacionales como *La Cervantiada, Manual de fin de siglo, El arca, El cuento latinoamericano del siglo XXI* y otras. Se ha destacado también por su cultivo de la novela gráfica. Fundador y editor en jefe de la revista de cine y literatura Bakáa. Ha vivido en España, Estados Unidos y Haití. Actualmente reside en Santo Domingo; en esa ciudad dirige el Centro de Lenguas y Culturas Modernas de la Universidad Iberoamericana y la productora Heart of Gold Films. Es miembro activo de varias organizaciones de ayuda humanitaria.

El hábito hace al monje

Un asesino, un rufián, un *dalek* del más bajo escalafón, huye de las autoridades por los estrechos pasadizos de Ma'aldiub, la ciudad-estómago del planeta Ol. El malhechor ha derramado los polvos vitales[1] de Isqf, veedor del tribunal de tierras y derechos

---

(1)   En su altamente especulativo ensayo El principio de la negación como eje de la organización espontánea de la materia (*Mónada*, vol. 22, no. 4, marzo de 2477, pp. 321-77) Esther María Santelises traza los lineamientos de una alambicada teoría, según la cual la materia orgánica (que Santelises se empeña en denominar pomposamente material auto-replicante) es una reacción de la materia inorgánica contra sí misma. La cientista arguye que los mismos elementos que forman parte del mundo inánime se ajustan a un arreglo que hace que los organismos resultantes mantengan una relación antinómica con su local de origen. La vida, por ende, constituye una estrategia de ofensiva, en tanto que posee rasgos contrapuestos a los atributos fundamentales del medio ambiente que habita y la nutre. De tal modo el interior húmedo, líquido en más de un 80%, del cuerpo humano, se contrapone a una biosfera más bien seca, sólida y gaseosa como es la terrestre. Análogamente, planetas líquidos como Ol ostentan una fauna cuyos núcleos biodinámicos básicos son compuestos sólidos deshidratados. En otras palabras, la vida tiende a contrarrestar los estados, propiedades y combinaciones de los elementos que dominan su derredor. Esta base estructural le permite establecer el necesario control sobre su medio, del que busca a toda costa diferenciarse. El profesor John Madison, que ha estudiado a fondo la ecología de Ol, opina que la teoría de Santelises es un disparate mayúsculo (*major nonsense*), y, luego

sucesorales, con un tajo preciso[2] en los abscesos ventrales del lomo. El cuerpo sin vida de Isqf es una más de sus innumerables fechorías. El dalek es mano contratada, por supuesto. Tras él conspira el cartel de Nlk, que también lo persigue para borrarlo, temeroso

---

de señalar con sarcasmo que de sólida y seca la biosfera terrestre solo tiene el nombre, le recuerda a Santelises que 1) Ol no es un planeta líquido; 2) Ol no tiene una, sino múltiples, biosferas (algunas líquidas, otras sólidas, gaseosas, oscuras, viscosas, etcétera), dispuestas en capas interconexas; 3) la biodiversidad de Ol es tal que resultan inaceptables las generalizaciones que tienden a establecer un *phylum* siguiendo el molde terrícola (The End of Paradigm Earth, *Mother Jones,* vol. 43, 6 de octubre de 2477, pp. 12-17). Mu-Kien Adriana Sang Beng ("El maravilloso mundo de Ol", *Rumbo,* Año V, no. 346, 2 de noviembre de 2477, p. 23), afirma que Madison no tenía por qué haber llevado la discusión tan lejos, puesto que la propia biodiversidad de la Tierra está a prueba de la teoría de Santelises. En una muy radiodifundida entrevista, el afamado astronauta y explorador interplanetario Joseph Williamson Ortiz se limita a tildar a Santelises de racista, condenando su uso de la palabra fauna, utilizada para referirse a los habitantes de Ol, actitud que le recuerda al expedicionario la intolerancia antropocéntrica del siglo XXII (Entrevista a Joseph Williamson Ortiz, WKQ, 7 de noviembre de 2477). Por otro lado, Madeline Varian, de la Universidad Autónoma de Santo Domingo, se adhiere a las postulaciones de Santelises, agregando la antinomia de la temperatura (interior caliente-exterior frío), lo cual ha generado aún mayores y más encarnizadas disputas.

(2)   Dada la vertiginosa biodiversidad de Ol, es siempre difícil saber con certeza qué parte escindir, punzar, reventar, arrancar, aplastar, perforar, vaciar, destapar, tocar, rasgar, pisar, obstruir, apretar, estirar, morder, apisonar, aturdir, cuajar, detener, mezclar, empujar, dislocar, congestionar, romper, cortar, pellizcar, azotar, amputar, destazar, majar, hacer vibrar, halar, ahogar, hender, reducir, hinchar, tajar, hurgonear, descascarar, electrocutar, castigar, ajar, quemar, decapitar, asfixiar, dañar, torturar, rebanar, zanjar, magullar, rajar, lastimar, tullir, damnificar, lacerar, contusionar, fracturar, vulnerar, descalabrar, perjudicar, deteriorar, hundir, lisiar, inundar, coartar, desenchufar, envenenar, quebrar, cascar, pelar, inquietar, atormentar, cercenar, zaherir, asustar o cauterizar para quitarle la vida a un organismo determinado. Lo que funciona para uno casi nunca funciona para otro, y absolutamente todos los habitantes de Ol son duros de matar. Incluso, debido a la cerrada ecología de Ol, muchas veces es necesario exterminar a dos o tres individuos de especies completamente distintas a fin de provocar la muerte al verdadero objetivo. En todo Ol, la casta dalek es la única en posesión de la diabólica virtud que permite detectar sin yerro el talón de Aquiles de cualquier ser viviente, saber de inmediato qué hacer y contar con la herramienta para ello, sobrada razón para ser a la misma vez vigorosamente aborrecida y ampliamente cotizada.

del chantaje o la denuncia. Bakuk, el flujo gástrico que gobierna la ciudad desde la cañería cíclica residente en el palacio de gobierno, ha ordenado el desmembramiento del criminal. El asesinato de Isqf es la gota que colma el vaso. Despachó soldados Migh, varios destacamentos de policía y un nutrido contingente de su propia guardia personal, compuesta por aguerridos *serqs,* glóbulos dotados de inteligencia, hinchados de fluido venenoso. El dalek no tenía en dónde meterse.

En su desesperación, penetró al monasterio de Oma Galek, donde hiperconscientes *terqs* elevan sus oraciones a una deidad ácida llamada Eqleasa. Derribó a un monje desprevenido y se vistió con su hábito. Supo que lo delatarían sus gordos y vistosos *alujrak,* simbiontes malolientes que sintetizan la droga laq^3 a

---

(3)   Algunos especialistas (Margherita Beckman, Charles Young, Ismael Troncoso, Dominga Azevedo) han adelantado que la pérfida intuición de los daleks es producto de su asociación simbiótica con los alujrak. Experiencias de laboratorio han evidenciado que a mayor consumo de laq más aguda se torna la clarividencia del dalek. Los daleks más apreciados/detestados son aquellos capaces de derribar a su víctima sin necesidad de entrar en contacto directo con ella. Estos talentosos verdugos muestran un exacerbado entendimiento de las relaciones intraespecies y son capaces de descubrir y hacer uso de las combinaciones más recónditas. Se habla de daleks tan hábiles que aniquilan a su víctima, doquiera que esta se encuentre, con solo aplicar su pouyh (véase n. 7) contra un aparentemente inane *fetruuh* (especie de hongo campestre) nacido al azar de cualquier grieta. Aunque siguen perteneciendo a la casta dalek, los individuos que alcanzan el grado de sofisticación descrito son apodados con el diminutivo dagalek. El *folklore* maldiube ha hecho del dagalek una figura arquetípica revestida de un aura de sapiencia. Así lo demuestran las *Crónicas de Gadaruf,* donde se inmortalizan las aventuras de un legendario dagalek que acometía con éxito misiones meticulosamente imposibles. Se dice que Gadaruf existió realmente y que solía matar sin salir de su aposento. Más famoso aún es el ciclo narrativo de Teryhterg y Guznilagh, que narra las cómicas peripecias de una dispareja pareja de daleks. Teryhterg es un zoquete de siete suelas, mientras que Guznilagh es un dagalek del más alto calibre. La hilaridad de las situaciones en que se ven involucrados no se hace esperar. Casi siempre la estupidez de Teryhterg le cuesta la vida a Guznilagh. La moraleja es obvia: hasta en la maldad, la tontería es más perjudicial que la inteligencia... O bien: la maldad sin seso acaba en bondad. *El hábito hace al monje* es una reelaboración anónima

partir de secreciones excrementicias, y se los arrancó uno a uno, suprimiendo lamentos de indecible agonía[4]. Entre un terq y un dalek, la única diferencia eran los alujrak. El instinto de supervivencia del delincuente pudo más que su adicción, y se preparó a sufrir el tormento de vivir por tiempo indefinido sin el constante suministro de laq que le proporcionaban sus asociados. Ni cortos ni perezosos, los simbiontes alcanzaron el cuerpo desmayado del terq en dos o tres saltos y se le adhirieron a la cubierta dorsal con sus ventosas dentadas. El terq ahora parecía un dalek. De hecho, a efectos de la estricta jerarquía ma'aldiube, era un dalek. De igual modo, el dalek, vestido con el hábito del terq, era un terq. El fugitivo abandonó al infeliz monje en un callejón cercano y regresó al monasterio.

A sus perseguidores jamás se les ocurriría buscarlo allí. De él esperaban lo peor, pero irrespetar la ley de castas, desecrar Oma Galek y maltratar la reverenda persona de un terq eran perversiones impensables. Hizo como vio hacer, y se confundió entre los devotos terqs. Los retortijones que sacudían su cuerpo falto de laq

---

del más popular episodio de este ciclo, en el que Teryhterg le juega una trastada a Guznilagh y debe disfrazarse de terq para escapar a su venganza. La idiotez de Teryhterg le impide anticipar lo que le depara el destino; Guznilagh y los que atendemos el relato, informados de las extravagantes ceremonias de los terqs (de por sí un lugar común), ya lo sabemos. La presente versión elimina al binomio y nos presenta como protagonistas a un dalek y a un terq sin nombres. El embotamiento del dalek, incapaz de prever su fin (evidente, como ya hemos dicho, para quien lee, escucha o experimenta de cualquier otra forma esta historia) parece encontrar una explicación en el hecho de que se ha despojado de sus alujrak. *El hábito hace al monje* es comúnmente atribuida al notorio dagalek Byhg Ijurew.

(4)   Para más información, consultar el formidable manual *Helpful Friendships: Being a Book on Symbiosis and Symbionts of the Known Universe* (New York: Vintage Books, 2466) de Estivalia Inhagén, ella misma un simbionte del planeta-pantano Awabi. Inhagén es autora de la célebre frase "An illness is nothing less than a failed symbiosis", que se ha convertido en uno de los más trillados retruécanos de la comunidad médica intergaláctica.

fueron interpretados como furor místico. Los monjes rumoraban que Eqleasa se le manifestaba al dalek, lo digería, lo descomponía, lo incorporaba a su gloria elemental. El abad de Oma Galek, un santo que había recibido directamente de Eqleasa la capacidad de producir *oma,* la enzima milagrosa que corrompe la luz, quiso investigar y lo hizo llamar al pretorio donde el beato levitaba orbitado por lumínicos protones surgidos de la energía liberada por su meditación. Al recibirlo le hizo una observación simple que lo puso a temblar: "Veo que tu *ifa* te queda holgado". El dalek captó que se refería al hábito monacal que le había arrebatado al terq. "Los ayunos", respondió el truhan. El abad sonrió, lo interrogó, y el dalek, entre desvaríos, convulsiones y malicias, lo convenció de ser un elegido tocado por Eqleasa. El dalek se convirtió en su protegido, en su mano derecha. El abad lo consultaba para todo. Muy pronto, el dalek tramaba, negociaba, pillaba y traficaba influencias guarecido por la autoridad del abad. Desde el santuario, reanudó contactos con el cartel de Nlk y se las ingenió para mantenerlos bajo amenaza. Aprovechando su usurpado rango iba y venía con impunidad. Adquirió tal poder que en poco tiempo el cartel dependía de su anuencia para las decisiones más espurias.

Mientras tanto, el terq despojado de sus hábitos amaneció en un basural. Desorientado, sintió ardor allí donde los alujrak lo mordían e intercambiaban jugos. Lo sobresaltó la agradable euforia del laq. Quiso resistirse y no pudo y ya no quiso resistirse. Halló que la duración de sus pensamientos estaba fuera de fase con su percepción del tiempo. Un breve segundo acomodaba ahora cálculos, elucubraciones e imaginaciones que antes le ocupaban días completos. En adelante, su vida mental no coincidiría plenamente con el mundo físico, que le venía a la zaga con suma modorra. Los objetos más banales le revelaban luminosas verdades, tan evidentes que se preguntó consternado cómo no las había visto antes. Recorrió las calles de Ma'aldiub y le pareció que lo hacía por primera vez. Vio cómo se relacionaban unas cosas con otras y los secretos contenidos en esas relaciones. Se dijo que, si su nueva exaltación perceptual le mostraba tanto con solo echar una simple ojeada a las cosas mundanales, cuánto más no aprendería si desviaba la clarividencia inducida por el laq hacia los vericuetos del espíritu. Lo hizo. Recordó los preceptos canónicos de Oma Galek; recitó y escrutó las Cien Letanías en el idioma ancestral *duj;* recordó la séptima y la novena *fure* del Libro de la Asimilación, tan crípticas; rumió algunos aforismos de Nrk Baar[5], filósofo y santo... y se detuvo. Con un fulgurazo, entendió cuál era su verdadera función en el monasterio y la del monasterio en Ma'aldiub. Comprendió la lógica detrás del sistema de castas. Entendió el lugar de Ma'aldiub en Ol. Entendió el lugar de Ol en el universo y lo abrumaron la maravilla y el desasosiego.

Pasó el tiempo. Los terqs pronto abandonarían el monasterio de Oma Galek en peregrinación ritual a Xi'ich Oyaj[6], el lugar arcano donde según la tradición el abad de los terqs debía transfigurarse y regresar a Oma Galek dotado de talento para secretar

---

(5)   La Oficina para el Fomento y Difusión de las Inteligencias, por conducto del Fondo Monetario del Cuadrante Decimosegundo, editó recientemente las Obras Completas de Nrk Baar, para Universal Communicator 5.0. El formato políglota incluye el lenguaje de señales bioluminiscentes de la civilización medusina de Geseatt y el idiolecto hormonal de los Haza. La publicación constituye el decimoctavo tomo de la Enciclopedia Religiosa de los Mundos, coordinada por la Fundación de Creyentes Unidos.

(6)   El legendario cartógrafo Dumarsais Estimé insiste en que la forma correcta de escribir el nombre de esta mítica zona es Ziichn Ollachn (Problems in Transcription, *Worlds,* v. 66, no. 987, 22 de febrero de 2473, p. 62). Karen Dougherty publicó en marzo del pasado año un acendrado artículo en el que enumera las características físicas que hacen de Xiich Oyaj el lugar idóneo para la transfiguración (metamorfosis) del terq-rey ("Fragile Vectors: The Marvelous Properties of Space-Time Soft Spots", *Omni,* v. 1, no. 8, 17 de diciembre de 2477, p. 23). Ver también el estudio topológico de Aurora Morel Divided by Zero: the Uncanny Physical Rules of Xich Oyaj (*II*,vol. 16, no. 22, p. 143). Asimismo, el simpático astrólogo y taumaturgo internacional Dußǎn tiene mucho que decir sobre Xiich Oyaj en su último libro, *Ombligos del Universo* (Madriz: Siruela, 2476).

jinn, el raro fermento que absorbe del espacio-tiempo las inexpugnables vitaminas de que se nutre Dios. El falso terq usó el ajetreo de los preparativos para urdir más trepanaciones. Abusaría de la indemnidad aduanal de los terqs para contrabandear un cargamento de laq sintético hasta Kihh Rxw, la megalópolis pancreática. Hecho esto, avanzaron hasta Kiraag y zarparon rumbo a su destino final en una pequeña embarcación. El siniestro dalek atisbó grandes *anugo* deslizándose bajo la superficie y musculados *yighj* flotando entre nubes de cloruro. Bordearon costas de espesa jungla en donde emergían de vez en cuando gigantescos *farukagh,* sus cuerpos succionados por exóticos alujrak silvestres. Entonces se hicieron mar adentro y navegaron muchos días impulsados por vientos favorables. Luego vino la calma y la barcaza empezó a dar tumbos sin moverse de lugar. Cuando se agotaron las provisiones, los abnegados terqs resolvieron preservar del hambre a su líder ofrendándose como alimento de a uno por día, hasta que avistaran tierra donde pudieran reabastecerse o llegaran a Xi'ich Oyaj. Razonaron que la malnutrición podía perjudicar la transfiguración del abad. El abad asintió. Todas las mañanas echarían suertes con pajillas; quien obtuviera la pajilla más corta iría a presentarse ante el abad en calidad de vitualla. El primero en inmolarse fue un joven terq de gran estatura. El abad lo recibió en su camarote y lo tasó con voracidad. Tales eran la lealtad y disciplina de los terqs que, cuando el abad distendió su enorme saco bucal, el corpulento monje saltó al interior sin pensarlo dos veces. El dalek acarició su largo y afilado *pouyh*[7]. Cuando llegara su turno, sabría dar al buen

---

(7)   El pouyh de los daleks es un apéndice protráctil que remata en un esfínter rodeado de cilios. La infeliz traducción de los adjetivos *yubidhyum* y *jiminy* sugiere la errónea imagen de un puñal. Una versión literal de los vocablos, lejos de rendir largo y afilado, produce dúctil y versátil, lo cual nos da a entender que el traductor sacrificó la exactitud de su labor en aras de adaptar el texto a la inteligencia humana. Ello queda comprobado por la línea que sigue, así como por todas las referencias a la anatomía

abad un tajo preciso, un tajo de muerte. Pero ¿y los otros? Sin duda perecería a manos de los terqs restantes[8]. Un día tras otro, el abad engullía un terq distinto; la suerte parecía evadir al dalek. Hasta que ya no quedó un solo terq para saciar al abad. Mejor no podían haberle salido las cosas. El dalek desenfundó su pouyh.

En Ma'aldiub, el terq que parecía un dalek deambuló por los bajos fondos de la ciudad pregonando sus iluminaciones con vehemencia. Antes respetado y guarnecido con privilegios monásticos, ahora vivía de la limosna y soportaba el abuso de los viandantes, que lo consideraban un loco gracioso. Saturado de laq, no solo había logrado esclarecer verdades terribles; el tiempo había dejado de ser para él una ilegible maraña de oportunidades, decisiones y consecuencias que se ramifican en una sola dirección. Desde entonces el futuro se sometía a su escrutinio con la misma docilidad que el pasado. Un día, mientras hozaba desperdicios acumulados en un zaguán, vio que uno de los sicarios del cartel de Nlk violentaba por simple deporte a un indefenso *griig,* una larva apenas.

---

humana, inexistentes en el original. Más adelante *kiluyipewq* es vertido a desenfundó, y, si bien no del todo equivocada, una traducción más precisa optaría por extendió, infló e incluso estiró. Dependiendo del contexto, *pouyh* puede ser usado como adjetivo o como verbo, de manera que su significado varía entre insólito y matar. En resolución unánime, la prestigiosa Asociación de Traductores y Decodificadores de Lenguajes Naturales (ATDLN) ha calificado de nociva la práctica de lo que ha denominado adecuación a especies, definiéndola como un esfuerzo distinto de la traducción que no fomenta sino que traiciona la vocación a enseñar a los habitantes del Cuadrante 12.º las formas de conocimiento practicadas por sus cohabitantes, y a proveerles, por medio de la traducción de distintos artefactos, de tácticas eficaces que les permitan escapar de la prisión de su inteligencia local y enriquecerse con la experiencia de otros modelos de intelección (Artículo 2b, Constitución de la Asociación de Traductores y Decodificadores de Lenguajes Naturales, 23.ª ed., Fondo Monetario del Cuadrante Decimosegundo: Bogotá, 2475, p. 7).

(8)   Incluso el más estricto de los miembros de la ATDLN perdonaría frases como esta, puesto que está visto que ciertas frases hechas dependen en gran medida de la imagen corporal compartida por los hablantes. Está de más aclarar que los terqs no tienen manos, amén de que ya ha quedado establecido que el pouyh no es un arma blanca.

Sin levantar los ojos de la basura donde esperaba hallar sobras de comida, el terq dijo en voz alta, para que lo oyeran los amigotes del mercenario y los demás presentes, que los griig tienen la desdicha de poseer un exoesqueleto demasiado blando, de ser carnada ideal de parásitos renales y de padecer la agresión de cobardes que temen enfrentar contrincantes de su propio tamaño. El abusón le advirtió que se ocupara de sus asuntos. El terq no replicó inmediatamente, sino que cerró los ojos y narró con lujo de detalles la caída del cartel de Nlk, la muerte de todos sus líderes, la persecución y tortura de los esbirros en nómina, incluyendo el horrible fin de su interlocutor. Acto seguido, el terq huyó a toda carrera, seguido por matones con sus pouyh en alto. La noticia de la afrenta fue divulgada con premura. La dirigencia de Nlk fijó un precio a la cabeza del insolente profeta. El terq no tenía dónde meterse. Ávidos de recompensa, los más desastrados habitantes de Ma'aldiub pusieron ojo avizor. Haciendo uso de las sombras, caminando de puntillas, arrastrándose por cloacas, el terq llegó a las afueras de la ciudad y se ocultó en una pequeña cueva. El inusitado ejercicio de la fuga y la excitación del peligro desequilibraron su ritmo metabólico, que redobló la excreción de toxinas y otros desechos. Ahítos, los alujrak mostraron su agradecimiento inundando las membranas del terq con laq superconcentrado. La sobredosis lo puso en trance. Los verdugos de Nlk lo encontraron garabateando apresuradamente febriles visiones del fin de los tiempos, donde aparecían cuatro jinetes mortíferos, una ramera titánica y la segunda Bestia que salió del mar, cuya herida nunca será sanada. Apenas se interesó por ellos. Herido de muerte, el terq se vio como la criatura que era y comprendió algo que ni el laq había podido mostrarle: que su alma y el alma de todos los habitantes de Ol forman una sola, perteneciente a un ser desconocido.

Casi al mismo tiempo, el dalek se presentó ante el abad y vio que este resplandecía con una extraña luz. "Supongo que has venido a cumplir con tu deber", dijo el abad. "No exactamente", replicó el dalek, y añadió: "Usted no es el único con hambre. Vengo a decirle que nunca llegará a Xi'ich Oyaj". El abad le dedicó una mirada bonachona. "No seas ingenuo, hijo. Estamos en Xi'ich Oyaj", musitó deleitado, y el dalek entendió que Xi'ich Oyaj era ese lugar en medio del océano inmune a las corrientes de aire. "La tradición dicta que solo puedo transfigurarme si por iniciativa propia los terqs de Oma Galek permiten que los consuma. Mi transfiguración es la transfiguración de todos. Ninguno de ellos ha muerto, sino que viven en mí". El dalek se aproximó al abad y le mostró su pouyh diciendo: "Y muy pronto en mí". Pero cuando fue a asestar el golpe su mano se le negó. El abad observó: "Veo que tu ifa te queda ceñido, pese a tu abstinencia". Guiado por una voluntad mayor, el dalek lanzó el pouyh fuera de borda[9]. "Excelente. Temí que no se pondrían de acuerdo, que tu ifa, siendo de otro, se resistiría, y que por tanto no podría utilizarte llegado este momento". El dalek dio un paso hacia el abad, *quiso* dar un paso hacia el abad. El exceso de salivación convertía sus palabras en un lúbrico chapoteo de mucosidades. "Ahora sé que tú y tu ifa se han acoplado a la perfección, y que harán un bocado apetitoso". El abad dilató su formidable buche, que de inmediato comenzó a llenarse de una corrosiva solución péptida complementada por

---

(9)   Imposible. He aquí un magnífico ejemplo de la desinformación que generan las susodichas adecuaciones, con el agravante de haber sido perpetradas por traductores de pacotilla. Un dalek podría arrojar su pouyh fuera de borda con la misma dificultad con que uno de nosotros podría arrancarse un brazo o la nariz y hacerlos a un lado. Ojo: esto no quiere decir que en Ol no haya especies con extremidades desarmables. Para más detalles sobre este tópico, ver el fascinante álbum *Detachable* (Oxford: New Riders, 2475), del suspicaz fotógrafo Pedro Vergés. El fotoreportaje abarca una miríada de especies de innumerables sistemas que comparten la peculiaridad de poseer cuerpos con piezas que se quitan y se ponen. Vergés dedica un capítulo a cada especie, en el que incluye un útil diagrama que ilustra procedimientos, funciones y mantenimiento. De especial interés resulta el capítulo dedicado a los *mjm!* del planeta X, en el sistema B769.90, que amueblan sus casas con fragmentos corporales independientes ultraespecializados, algunos de los cuales hacen las veces de enseres eléctricos.

cristales de ptialina e hidróxido de aluminio. A continuación, el santo separó los belfos y mostró al dalek la profunda vesícula donde burbujeaban, chisporroteaban y bullían las nauseabundas gelatinas del hambre. El abad apenas se hizo entender cuando dijo: "Deja que el ifa te indique el camino a seguir. Abandónate a la persuasión de su sabiduría. A fin de cuentas, ¿no compartimos el mismo propósito? ¿Qué es un terq sin su asistencia?". El dalek se zambulló en el caldo predigestivo habiendo comprendido a medias que el ifa de los terqs es también un simbionte, un organismo especializado que presta un servicio a cambio de otro. Contrario a sus ya olvidados alujrak, sin embargo, el trueque establecido con un ifa no es de índole corpórea. Ni lo que se otorga ni lo que se acepta tiene que ver con el mundo físico. El abad dio inicio al milagro de su transfiguración con un sonoro eructo[10].

---

(10)   Aunque hasta ahora la ATDLN no se ha puesto de acuerdo en cuanto al significado de *hjiprweouyh,* es sumamente improbable que los habitantes de Ol puedan eructar. Esta oración final es, sin lugar a dudas, una de las tantas libertades que se toma el traductor.

Mayra Santos-Febres

Nace en Carolina, Puerto Rico. Comienza a publicar poemas desde 1984 en revistas y periódicos internacionales, tales como *Casa de las Américas* en Cuba, *Página doce* en Argentina, *Revue Noir* en Francia y *Latin American Revue of Arts and Literature* en Nueva York. En 1991 aparecen dos poemarios suyos: *Anamú y manigua*, seleccionado como uno de los diez mejores libros del año por la crítica puertorriqueña, y *El orden escapado*, ganador del primer premio de poesía de la *Revista Tríptico* en Puerto Rico. En el 2000 la editorial Trilce de México publicó *Tercer Mundo*, su tercer poemario. Además de poeta, es ensayista y narradora. Como cuentista ganó el Premio Letras de Oro (USA, 1994) por su colección *Pez de vidrio,* y el Premio Juan Rulfo de cuento (Paris, 1996) por "Oso Blanco". En el 2000, Grijalbo Mondadori en España publicó su primera novela, titulada *Sirena Selena vestida de pena,* que ya cuenta con traducciones al inglés, italiano y francés; y quedó como finalista del Premio Rómulo Gallegos de Novela en el 2001. En el 2002 Grijalbo Mondadori publicó su segunda novela, *Cualquier miércoles soy tuya.* En el 2005, Ediciones Callejón publicó su libro de ensayos *Sobre piel y papel* y su poemario *Boat People*, ambos aclamados por la crítica. En el 2006 resulta primera finalista en el Premio Primavera de la editorial Espasa Calpe con su novela *Nuestra Señora de la Noche*. En el 2009 publica *Fe en disfraz*, con editorial Alfaguara, y gana la Beca John Simon Guggenheim.

Ha sido profesora visitante en Harvard y Cornell University. Actualmente es catedrática y dirige el taller de narrativa de la Universidad de Puerto Rico. También es la directora del Festival de la Palabra de Puerto Rico.

Goodbye, Miss Mundo, Farewell

> *Do not, as some ungracious pastors do,*
> *Show me the steep and thorny way to heaven,*
> *Whiles, like a puff'd and reckless libertine,*
> *Himself the primrose path of dalliance treads.*

> *Ophelia*, scene iii

Cuadro 1

Hay una línea muy blanca. Aspira. Una línea blanca. Aspira. Esa línea es el camino a seguir.

Cuadro 2

Llegó antes que yo. Yo era muy niña entonces. Tenía dieciséis años. Una doncella apenas. Él me dijo: "Tú vas a ser la reina del universo". Mi padre le creyó. Mi madre le creyó. Yo le creí. Iba a ser la reina del universo. *Miss Universe*. Porque era escultural. Porque tenía los ojos verdes. Porque mi carne era blanca, como blancas eran las líneas a seguir.

Yo seguí esas líneas. Aspiré.

Mi padre recibió la llamada. Estaba con unos amigos cuando la recibió. (Aspiró). Con unos amigos del Club Deportivo, unos amigos de carrera, unos amigos de la capital cuando llamó y le pidió que lo comunicaran conmigo. Que me quería felicitar por mi éxito rotundo. Yo salí de la piscina, caminando por entre las miradas en blanco de los amigos de mi padre. Tomé el celular. "Es

77

para mí un honor saludar a la Reina", me dijo. "¿Reconoce mi voz? Es el Señor Presidente".

Quedé muda. Él llegó primero que nadie al coro de felicitaciones.

Entré al concurso porque quería ser modelo internacional, quería ser estrella de *talk show*, quería hacerme los pómulos para lograr una mayor definición en mis facciones. Entré porque heredé la boca de mi abuela, que era española, pero una española carnosa de labios y de ojos verdes; esos también los heredé. Heredé sus ojos y una biblioteca inmensa que no sé para qué la querría. Pero los libros se veían ahí, tan desvalidos y elegantes, con sus lomos duros y sus letras pequeñas. Letras para ojos de águila. Por aquel entonces en que me llamó el Señor Presidente yo miraba los libros, les acariciaba el lomo. Y practicaba a sonreír para las cámaras.

Polonio movió los hilos. Mentí en lo de la edad y nadie preguntó. Conseguí las mejores masajistas, los mejores peluqueros, diseñadores de Miami. Mi padre me aconsejaba: *Be thou familiar, but by no means vulgar.* (Aspira). Yo quería lucirme ante los ojos del mundo, ante el *spotlight* central. Quería que vieran el espectáculo que puedo ser en tan buena tarima. Que la patria es algo más que cocaleros, aspira, que indiecitas vestidas con sombreros de Magritte y largas faldas que encubren un cuerpo distendido por el hambre y por los hijos. Yo también tenía hambre... Pero él me llamó primero, antes de que yo aprendiera a tragar.

Él me llamó: "Vas a ser la reina del universo". Envió su avión particular a recogerme. Mis padres me dejaron ir con unas amigas. Yo dudaba, dudaba. Pero él llegó antes que la fuerza de mi duda.

Aspiré.

Cuadro 3

Sin embargo, me gustaba el otro. *O! what a rogue and peasant slave am I!* Me gustaba el otro. *The play's the thing, wherein I'll catch the conscience of the king.* Me gustaba por su lomo fuerte y su letra chiquita. Por sus ojos de águila. Era paisano, era joven, era el escriba. También soñaba con la gran platea del universo. Quizás, con tiempo, con esfuerzo, sin masajistas...

Le tocó ser alto. Le tocó ser blanco como blancos son los caminos a los que tenemos que aspirar. No parecerse a los indiecitos alcoholizados que duermen en los pajares bajo el cielo desprovisto de rutas. A él le tocó conocer los nombres de la biblioteca de la abuela; la que ella me heredó con sus ojos verdes. Yo lo invité a entrar. Mi padre celebraba un asado con sus amigos de la empresa, *Give every man thy ear, but few thy voice*, con sus amigos industriales, *Neither a borrower nor a lender be*, con sus amigos de colegio. El padre del escriba era un amigo, abogado respetado, tomaba whisky. Aspiraba. Yo le abrí la puerta a él, a su familia, pero todos nos fueron dejando solos, hasta que lo invité a la biblioteca de la abuela. Le puse los dedos sobre el lomo.

Horacio me miró y quiso que yo hiciera más. Abrió un libro, me lo enseñó. Yo leí.

Claudius: How is it that the clouds still hang on you?
Hamlet: Not so, my lord; I am too much in the sun.

Cuadro 4

No debió hacerlo. Abrir el libro aquel entre mis manos. Yo era Gertrudis. Yo era Laertes y Ofelia. Yo era el príncipe vengador.

Hasta ese entonces a mí me bastaba con tocar los lomos de esos libros. Me bastaba con tocarlo (al escriba) sobre los hombros. Hasta que llamara el Señor Presidente. Siempre (Oh, Claudius!) al otro lo traté de Señor.

Cuadro 5

Este por las palabras. El otro por el poder de su mirada blanca. Mi carne, nívea, pero impura, se distendía sobre los manteles de la patria, sobre las mesas presidenciales, en los cocteles de la sociedad industrial. Mi carne, sonriente, posaba para los sociales de *La Razón*, de *Vanidades*, de *Los Tiempos*. Yo sonreía, pero dudaba. ¿Qué ruta debían seguir mis aspiraciones? ¿Cuál era el camino que elegirían mis pies? Podría ser otra cosa que los canjes.

Nymph, in thy orisons
Be all my sins remembered.

Un 14 de febrero, Día de San Valentín, el escriba me dijo que estaba enamorándose de mí. El amor es una aspiración. Tendría que ver cuánto aire aguantaba este que decía ser el amado. Cuánto me podían aspirar sus pulmones.

Cuadro 6

Bajo sus narices:

Con el Señor Presidente
Con su amigo, la esperanza del Club Wilsterman
(El escriba aceptó estudiar en Estados Unidos pues al fin se había "ganado" una beca presidencial).
Con el del Club Universitario
Con su primo. Con mi primo.
(Me instalaron unos pómulos perfectos. Otra llamada del Señor Presidente).
Con un amigo del apoderado de los Tigres
Con el ingeniero de Bobinas Industriales

(Partí a Sídney a concursar. El amado partió a California a estudiar).

Un trío con dos *broadcasters* franceses
Con un ancla de noticias de Aust-tv Internacional
(Ensayos, ensayos, ensayos. Llamada del Señor Presidente).
Pasé a las últimas cinco finalistas. Gané el premio de Miss
Simpatía.
No seré la Reina del Universo. Nunca seré la Reina del Universo.
De vuelta a la patria, recibimientos. Con el DJ de Forum
Con el DJ de Diesel
Con varios amigos del escriba
Con el Señor Presidente
Recibimientos, fotos, banquetes. (Aspiré).

¿Podré algún día descansar?

Cuadro 7

Me casé con un gobernador de provincias y no volví a ver
al escriba. A veces recibía llamada telefónica del Señor. A veces
pasaban meses en que no. El gobernador me llamaba por mi
nombre (¿Ofelia? ¿Daniela?). A veces, a son de broma, también
me llamaba Miss Simpatía. Odié el título por primera vez. Por
primera vez me avergoncé de la ruta aspirada, del *spotlight*.

Durante su campaña de reelección me le escapé a mi marido y
en Disco Tavoe me topé con un amigo del escriba. Aspiré. Fue él
quien me dijo que estaba de vuelta, de vacaciones. Que a alguno le
había preguntado por mí. Mis dedos de repente sintieron nostalgia
de su lomo fuerte. De sus párpados; ojos de águila. Lo quise tocar.
Solo eso.

Cuadro 8

En sus narices, con él, con él, con él. En su cuartito de adolescente hasta que su madre le llamó la atención. En un auto prestado,

81

estacionado, detrás de Secret. En el baño de Tantra, hasta tenerlo enganchado. Hasta tenerlo detrás de mis líneas, de mis aromas, detrás de mi paso delirante por ese río que es la ciudad.

Luego hui.

Cuadro 9

El escriba me siguió hasta casa de mi marido. Yo lo dejé entrar. A puertas cerradas, hice todo lo que se me ocurrió para que lo sorprendiera la madrugada entre mis sábanas. Quería verlo salir del exclusivo complejo de condominios donde vivo con el Gobernador. Quería contemplarlo, pálido, ojeroso, cruzar las cuatro calles hasta la puerta donde el guardia deja entrar y salir a todo visitante. Quizás verlo retorcerse de manos y marcharse. Aspira. Verlo mentir. *To thine own self be true.*

"¿Usted acaba de salir de la suite del Señor Gobernador?".

"No, señor, de la de al lado".

Arreglarse la camisa de algodón ahora arrugada, ahora, corrupto, fuera de la línea que traza las rutas que nos toca aspirar. "Soy un primo de la vecina, un amigo de infancia. Soy…". Y no tener nombre, cruzar la frontera sin títulos como pretendía que yo la cruzara. Como pretendía cruzarla él, armado tan solo de su tinta, como si se pudiera ser *more matter/less art.* Como si alguien pudiera ser materia aquí, en este descampado, en la línea de las rutas de la carne que se abre para no dejar pasar.

Se fue de mañana. Eran las seis. Lástima que no lo arrestaron. Lástima que logró mentir tan bien. Lástima que el escriba fuera franqueado y lograra trasponer la puerta. Llamar a un taxi, escapar. Hubiese querido verlo flotar rodeado de magnolias en un torrente de líquidos. Me hubiese gustado verlo quieto, siendo uno de mis personajes, el más adolorido. Quizás así hubiese podido creer en su amor. Quizás entonces se hubiese enterado del mío.

Mi amor blanco y que arrastra. ¿Puede ser de otra manera?

Cuadro 10

El Señor Presidente ya no me llama más. Ahora vivo en Miami. Un judío gordo, socio de mi padre, logró sacarme del país. Logró salvarme del escándalo. De un juicio de lavado de dinero contra mi marido, el gobernador. Él mismo me divorció y me sacó de la patria.

He comprado ropa de diseñadores. Toda la que quiero. He engordado algo, todo lo que quiero. Luego me hago succionar. Me hago aspirar. Trago. Aspiro.

Mientras el judío sale a trabajar a su oficina, yo me pierdo por las calles de Miami. Me pierdo por Rodeo Drive. Me pierdo por Coconut Grove. Me pierdo por Dade County. Voy a Downtown. Ruinoso. Celebran una feria de libros. Estos no son como los de mi abuela. ¿O sí?

Oigo, por la radio, que el escriba se presenta por su propio nombre. Estaciono, pago entrada, deambulo por los estantes. Ante mis ojos se repiten los lomos duros, rugosos, de esos libros que resisten los embates de ojos más verdes que los míos, más verdes que los de mi abuela, los ojos del mundo entero. Lomos que resisten los dedos garfios que hoy exhibo y que no heredé de nadie.

El escriba se presenta en la Sala Tres.

Habla del paisito, de discursos de presidentes. Termina. Una larga fila de lectores se le planta al frente con un libro suyo en la mano. Sobre una mesa de fondo, una muchacha vende varios de sus títulos más recientes. Yo agarro uno, cualquiera. Busco un lugar en la larga línea de lectores. Sigo la ruta, espero. Él abre la tapa, busca espacio en blanco entre las páginas de su libro y me mira. Lomo fuerte, ojos de águila…

"¿Tu nombre?".

"Ofelia", le contesto.

(Ofelia es quien soy).

Él escribe una cita de Hamlet, un arabesco con su nombre y

me sonríe. Otra ocupa mi lugar, una chica rubia, incorrupta, a quien él le escribe algo en inglés. *And from her fair and unpolluted flesh / May violets spring!* Y luego otra dedicatoria. Y otra, otra.

Yo me aparto.

Aspiro a hacerme polvo entre los libros.

Juan Carlos Quiñones

Nació en 1972. Ha publicado *Breviario* (2003, Premio Pen Club 2004), *El libro del tapiz iluminado* (finalista del certamen El Barco de Vapor, Puerto Rico, 2007) y varios libros de literatura infantil. Sus textos han aparecido en las antologías *Libro de animales* (España, Editorial Páginas de Espuma), *Antología de narradores del siglo veintiuno* (México, Editorial Siglo Veintiuno, Julio Ortega, editor) y *Mal(h)ab(l)ar* (Puerto Rico, Mayra Santos, editora). Ha escrito para revistas de papel y cibernéticas bajo el seudónimo de Bruno Soreno.

LA OREJA DE VAN GOGH

/Pablo Benegas - guitarra
/Álvaro Fuentes - bajo
/Xabi San Martín - teclados
/Haritz Garde - batería
/Amaia Montero ("de ojos grandes como balcones y sonrisa
luminosa", según la *Revista del Diario,* Diario las Américas) - voz

son los nombres de los integrantes de una banda pop en español
llamada <u>La oreja de Van Gogh</u>. Esta banda posee pocos o casi
ningunos atributos memorables, y de esos pocos o casi inexistentes
atributos memorables acaso el más memorable sea la cualidad de
ser una banda exquisitamente pésima. La memoria del mundo no
la recordará. La olvidará a pesar de que <u>La oreja de Van Gogh</u> haya
tomado la decisión mercadeo-publicitaria de nombrarse como la
oreja de Van Gogh, que apuesto sí será recordada por los siglos de
los siglos amén y a pesar del deseo de amén y a pesar de que Van
Gogh haya tomado la decisión dramático-publicitaria de cortarla
y echarla de sí como a cosa dañina, como a cosa de la que acaso

87

sería mejor no acordarse[1].

Al día de hoy, la banda La oreja de Van Gogh ha vendido cuatro millones de discos en todo el mundo. Este número (acaso no tan extraordinario en estos días) les ha ganado cuarenta y dos discos de platino y ocho discos de oro a lo largo, lo ancho y lo transversal del globo terráqueo, además de un sinnúmero de premios internacionales[2].

A la altura del 29 de julio de 1890 Van Gogh había vendido solamente un cuadro, cuyo nombre es *The Red Vineyard*, por el cual recibió la extraordinaria cantidad de 400 francos[3]. Para esa fecha, ya había perdido la oreja izquierda. Exactamente en esa fecha perdió también la vida, dos días después de haber practicado el método del suicidio pegándose un tiro en la cabeza, método que ha resultado ser siempre muy popular entre la Comunidad imaginaria de los locos y los tristes, banda pop y políglota de la que Van Gogh era miembro de carnet[4].

---

(1)   Van Gogh se cortó la oreja izquierda luego de una discusión acalorada sobre arte con Gauguin, es decir, para enfatizar un punto, o acaso (y esto es pura especulación) en paga de una apuesta perdida. Yo tengo la oreja izquierda perforada. Trivia enigmática: luego de cercenarse la oreja, Van Gogh pintó varios autorretratos en los que aparece vendada *la oreja derecha*. ¿Error de Van Gogh, resultado de pintarse mientras se miraba en un espejo? ¿Mensaje cifrado de Van Gogh a Gauguin? Mi oreja derecha también está perforada. ¿Casualidad? Decida el lector.

(2)   Esta aseveración no es totalmente cierta. A continuación enumero los nombres de algunos premios con los que ha sido galardonada la banda La oreja de Van Gogh: Premios Ondas (1998-2003), Premios de La Música (1999-2003), Premio Amigo (1999), Premio MTV Internacional al "Mejor Artista Español" (2001), etc. El destino temporal de estos premios es exactamente idéntico al destino de la banda La oreja de Van Gogh. Números y nombres de premios sacados de la página web oficial de La oreja de Van Gogh (www.laorejadevangogh.com). No creo necesario recordarle al lector que esta página web compartirá el destino de la banda La oreja de Van Gogh y el de los premios antes enumerados.

(3)   Aprox. US$100.00.

(4)   Como si fuera necesaria una dosis más de patetismo en esta historia, apunto sus últimas palabras, seguramente apócrifas, recordadas por su hermano Theo van

El 15 de mayo de 1990, exactamente a 99 años, 10 meses y 14 días de la muerte de Van Gogh, un cuadro suyo titulado *Portrait de Dr. Gachet* se vendió en subasta por la cantidad récord de 82.5 millones de dólares. Fue adquirido por un comprador anónimo[5].

No es posible precisar cuántos discos habrá vendido La oreja de Van Gogh para el año 2104, fecha en la cual se habrán cumplido aproximadamente cien años de hoy. Sí es posible apostar a lo siguiente, y si yo tuviera cuatro millones de discos vendidos o la extraordinaria cantidad de 190.5 millones de dólares[6] yo los apostaría todos a que en esa fecha futura nadie en el mundo (si es que aún hubiera mundo, si es que aún hubiera gente en el mundo en ese año) se acordará de quiénes carajo eran Pablo Benegas en la guitarra, Álvaro Fuentes en el bajo, Xabi San Martín en los teclados, Haritz Garde en la batería y Amaia Montero ("de ojos grandes como balcones y sonrisa luminosa", según la *Revista del Diario,* Diario las Américas), vocalista; a que nadie en el mundo

---

Gogh: *La tristesse durera toujours* ("la tristeza perdurará por siempre"). Así son los artistas.

(5)   Este cuadro mantuvo el récord de ser la pintura más valiosa de la historia hasta el año 2004, fecha en la que lo sobrepasó una pintura de Picasso adquirida (también anónimamente) por el más extraordinario precio de 104 millones de dólares, pero este dato es impertinente en este texto. Pertinente es el hecho de que otras dos pinturas de Van Gogh integran la lista de las diez pinturas más caras de la historia: *Portrait de l'artiste sans barbe* (noviembre de 1998, US$65 millones) e *Irises* (noviembre de 1989, US$49 millones), para un gran total de 190.5 millones de dólares. El producto nacional bruto de la isla de Santa Helena para el año 2003 no sobrepasó la cantidad de 30 millones de dólares. Aunque no hay datos sobre cuál era el producto nacional bruto de la isla de Santa Helena en el año 1821 (fecha en que murió Napoleón), no hay que ser matemático para concluir que ha de haber al menos seis bandas pésimas que usen el tópico de Napoleón como estrategia mercadeo-publicitaria. Sin embargo, mi búsqueda de esas bandas ha resultado, al día de hoy, infructuosa. Por esto, a continuación propongo los siguientes nombres para esas bandas imaginarias hasta nuevo aviso: *El caballo blanco de Napoleón, El tricornio de Napoleón, La altura de Napoleón, Una temporada en Santa Helena, Tricornio, Caballo Blanco.*

(6)   Véase la nota 5.

recordará qué carajo de banda era <u>La oreja de Van Gogh</u>. Esta apuesta es, por supuesto, insoluble en el período de tiempo que conforman nuestras vidas humanas naturales o contra natura. No obstante (o acaso por lo mismo), también pondría la misma pila de dinero o de metal imaginario en otra casilla de la ruleta: en esa fecha futura muchos recordarán el nombre de Van Gogh.

Otra posibilidad aún más futura y más truculenta me fascina y me llena de estupor: no es imposible (y puede ser hasta probable dado suficiente tiempo y mundo y gente viva en el mundo) que la oreja de Van Gogh persista en la memoria del tiempo, de la gente y de ese mundo por venir por mucho tiempo, mucho mundo y mucha gente después de que los nombres de los integrantes de la banda <u>La oreja de Van Gogh</u>, el de <u>La oreja de Van Gogh</u> y el del mismo Van Gogh se hayan desdibujado entrópicamente hasta borrarse de las páginas que compilan el acervo de los recuerdos pretéritos de la humanidad. Esto a pesar del esfuerzo sobrehumano (o demasiado humano) de Van Gogh por desaparecer esa oreja de su testa; esto a pesar del esfuerzo sobrehumano de <u>La oreja de Van Gogh</u> de apropiarse de esa oreja para involucrarla en la trama de ser el nombre de un evento mínimo, anodino, superfluo e insignificante en el tiempo del mundo, de ser el nombre de una banda pésima que era posible olvidar desde que no existía, ahora que existe y en el futuro del tiempo, donde dejará de existir y seguramente será olvidada. No así ocurrirá (este es mi sueño o mi leve y casi divertida pesadilla) con la oreja de Van Gogh.

Rafael Franco Steeves

Nació en Santurce, Puerto Rico, en 1969. Trabaja como periodista para *The New York Times*, *News Days*, *The Orlando Sentinel* y otros medios. Es guionista, cuentista, fotógrafo y traductor. Su primer libro se titula *El peor de mis amigos* (Ed. Callejón, 2007). Fue incluido en la antología de nuevos escritores latinoamericanos *A Whistler in the Nightworld* (Penguin, 2002).

EL MUNDO ESTÁ EN LLAMAS

Las ciudades extrañas siempre mienten la promesa de placeres novedosos. Pero cuando te metes en su dura geografía descubres la impenetrabilidad de los cuerpos, la repetida vulgaridad de las situaciones y las personas.

Manuel Vázquez Montalbán

Sintió una fuerte flojera por pensar un poco en todo el ritual que tenía que ejecutar solo para que la doña no sospechara nada, o no tuviera por qué sospechar, que su vida estaba ya desdoblada en dos, una normal, pública, y la otra secreta, o tal vez simplemente clandestina, pero enfermiza igual, vergonzante. Razones para sospechar y descuidos reveladores ya abundaban entre ellos —había llovido bastante, como dicen—, se hacía un poquito tarde para evitar la autoincriminación involuntaria; pero no podía parar de intentarlo. Aun así, la praxis del ritual tenía dos funciones esenciales: por un lado le facilitaba entrar en personaje y por extensión ayudaba a prolongar el deseo de negación de su mujer. Un día de estos, por supuesto, ella le prestaría atención a sus intuiciones femeninas más perspicaces y a él se le va a acabar el guiso y se va a tener que chupar la latente y creciente... piña agria, por ser buena gente y usar una voz tropical para describir el mal humor de ella y su fiera pulpa de coraje una vez la sacan, como dice la gente, por el techo. Algo tendría que suceder pronto, porque ya casi no aguantaba tanto chanchullo y tanto teatro solo para poder agarrar no más que una leve notilla por un par de minutos, media hora a lo sumo, para entonces tener que empezar todo el proceso nuevamente día tras día. Por algún sitio partiría la soga, la cadena, lo que fuese que lo mantenía atado a esos ritos insistentes de perforación, y procuraría, con un poco de suerte, no estar cerca cuando eso pase.

Dejó la grúa prendida y procedió a apearse con su acostumbrada lentitud de usuario arreglado. Todo marchaba, quizás más lento de lo normal, pero por lo menos continuaba en su camino, su trayecto. Una vez sobre el hombro de la carretera, Nando sacó los dos galones para cepillarse los dientes y enjuagarse la boca como había aprendido a través de los años luego de tantas sesiones de *surfing* metropolitano antes del colegio o algún trabajo. La noche comenzaba a resfriarse y a ponerse nítida, despejada. Luego de escupir el último buche de agua, todavía con uno de los galones empuñado en su mano derecha, un pequeño auto japonés le pasó por el lado a la grúa por lo menos a cien millas por hora. Estupefacto —impresionado con aquel despliegue de velocidad pura— Nando permaneció inmóvil, incrédulo. Comportamiento como el que manifestaba el conductor de aquel menudo vehículo no pasaba impune en las carreteras más viejas del país. Nando permaneció, como que esperando, anticipando la misma explosión metálica que escuchaba ahora, ese estrepitoso lamento mercurio no muy distinto al de una estación espacial cayendo desde los cielos y azotando una laja de piedra al dar con la corteza terrestre. Pero Nando sabía que lo que había oído era al auto japonés restallarse contra la valla de concreto en la luz de abajo, la de Camarones, al final de la cuesta.

Reaccionó como todo un gruero hecho y derecho, enseguida y en piloto automático; se montó detrás del guía y arrancó cuesta abajo a alta velocidad, lo cual significó en esos momentos que Nando dejó la grúa en neutro. Bajó, como quien dice, a las millas de chaflán. Veía la escena del accidente acercarse progresivamente, agrandándose a pasos agigantados en el marco del uínchil, la luz vigorosa de la intersección resaltaba cada línea del auto virado al revés, y diferentes focos destellaban a través del carro. Cuando detuvo la grúa de manera abrupta, casi caótica —prácticamente un escándalo—, la batería del carro reventó con un BUM fulminante, presagiando peores acontecimientos.

Boquiabierto pero pensante, y sus pensamientos corrían mucho más rápido de lo que había bajado la grúa por la cuesta en neutro. Pero todo cesó de hacer ruido cuando oyó a las chicas por primera vez, entonces solo pudo escuchar ese alarido horrible de realización, de bestia arrinconada contra la espada y el bosque en llamas. Había, a juzgar por los punzantes chillidos, por lo menos dos de las tres figuras que había visto de forma fugaz cuando el auto primero le pasó a la grúa por el lado. No lo pudo creer; ¿qué hacer? ¿Qué hacer? ¿Qué HACER, PUÑETA...?

La Ley —la dichosa ley— le tenía terminantemente prohibido, por razones de seguro médico, mover a cualquier persona involucrada en un accidente automovilístico; sin embargo, el carro comenzaba a emitir un humo oscuro y espeso que no paraba de crecer. Justo en ese instante, Nando oyó el grito más desgarrador de su vida, y vio dos palmas de manos batirse contra uno de los cristales del carro, luego un ojo, desorbitado, solo, el ojo más solitario que jamás había visto.

Como había reportado el accidente por el radio de onda corta, reaccionó agarrando el extinguidor y bajándose de la grúa lo más rápido que le fue posible, y como quiera sentía que se movía en contra de un inquebrantable viento salvaje, cada flexión de sus músculos un enorme esfuerzo.

Y fue mientras se debatía entre la acción y la absoluta parálisis que produce estar de cara ante lo insólito que se vio rodeado de patrullas.

Un alivio inmediato.

Pasajero.

Un policía se acerca.

Dice algo, Nando ve los labios moverse, el sudor en la frente.

Los poderosos brazos arropándolo, sus piernas peleando por correr hacia el carro humeante y caliente.

Dos brazos más, y más policías, pero solo un extinguidor, uno solo, el que tenía en las manos, el que debía usar para evitar que el tanque de gasolina se prendiera en fuego, el que *tenía* que usar para no dejar que el carro siguiera cogiendo fuego, calentándose.

Decidió —o, mejor, una decisión bajó entera desde el negro de la noche, a saber si desde aquel astro ardiendo también en oriente— correr al carro, pero los dos policías eran más grandes que él, eran dos, y después tres cuatro cinco azules llevándoselo lejos, gritándole al oído HAY QUE ESPERAR A LOS BOMBEROS, ATRÁS, ATRÁS, AHORAAAA… Nando resistió como mejor pudo, pataleando y aullando como un nene chiquito VA A EXPLOTAR, CABRONES, esto se va a poner FEO, escupía escandalizado mientras su producción de adrenalina comenzaba a trabajar a tiempo extra, como un ejército de cocineros a sueldo, cocinando salsa, cocinando picante. VAMO'A TRATAR, PUÑETA.

¡¡ESTÁ ADVERTIDO CABALLERO, ATRÁS!!
COÑOOOOOOOOOOO….

Impotente, agarrado por un pulpo azul, Nando contempló cómo el carro comenzó a arder, los gritos recrudecieron exponencialmente, pesadillescos, desalmados, extraídos a fuerza de calor, a fuego limpio, horribles, ahora entremezclados con estornudos incontrolables. Reanudó Nando el esfuerzo, pero el pulpo azul era más poderoso, siempre sería más poderoso, que él en tal estado enfermizo como en el cual andaba en esos momentos. No lo podía creer, las tres chicas se calcinaban allí, a unos meros pies de sus pies, frente a sus propios ojos, mientras cinco seis siete policías miraban como unos imbéciles y trataban de hacer algún chiste recordado de días recientes. Cualquiera de ellos —o Nando— hubiese podido evitar las tres muertes que sucedían ante el grupo completo, pero nadie lo hacía, peor, nadie lo había ni considerado, ninguna de las patrullas, era obvio, venía equipada con extinguidores; estos mamabichos no lo dejaban actuar, lo empujaban y lo sacaban del medio.

Nunca lograría borrar aquellos gritos de su memoria accidentada durante el resto de su corta vida. Como tampoco dejaría de ver aquel ojo solitario, al borde de la muerte, a punto de ver lo que nadie nunca ha visto y luego ha vivido para contarlo. El pulpo azul trató de entablar comunicación con Nando, pero este solo escuchaba aquella trinidad de voces enloquecidas, desquiciadas, desinflándose incrédulas de vida. En pocos minutos tenía, además del pulpo azul, a los paramédicos forzándolo a tomarse un sedativo, el cual tuvo un efecto brutal por un minuto y luego pasó y regresó a las escalofriantes voces que habían batallado contra las llamas sin ayuda alguna. Ya nada volvería a ser lo mismo, ya nada sería igual, ya estaba marcado como un pecador, con las manos llenas de sangre, un pecador ante la vida, marcado con carimbo permanente, exhibiendo la marca infame, la marca de Caín —la que es como un ocho acostado, el símbolo del infinito— quemado sobre su frente para luego brillar por las noches como brillaba la luz de aquellas llamas que consumieron a las tres chicas.

De ahora en adelante llevaría la marca siempre, adonde quiera que fuera, todo el mundo podría verla sin problema, sabrían que había pecado de la manera más vil y mezquina posible, que había dejado a aquellas tres pobres chicas morir en la hoguera innecesaria de la mediocridad uniformada, había permitido que murieran sin hacer nada, pero nada de nada. Resplandores, como el de los biombos del pulpo azul, afligían su pensamiento y lo volvían a marcar de nuevo, carimbos de luz, de fuego, de blanco, le dejaron la marca infame como la que infligía el mayoral sobre sus esclavos, marcas y resplandores, destellos, brillos subrepticios, como el de las pipas de *crack* detrás del edificio veinticuatro, o en la parada 15, como las lentejuelas de las putas más baratas, o la escarcha que se ponían en las piernas, todas brillantes, todos esclavos ahora de la droga, del pecado, de la inexorable repetibilidad a la cual somete.

Nando maldijo el día que nació el salamanbiche de guardia y se cruzó camino con él, al cabrón ese que lo había empujado y no lo había dejado hacer su parte. Mentó su existencia porque a ese tentáculo en específico del pulpo azul le debía su presente condición, y las luces, los deslumbramientos mentales... ¿por qué tenían que haber muerto las tres? ¿Por qué no equipar las patrullas del pulpo con extinguidores y por lo menos salvar aunque fuese a una de las tres, una sola, solita, que se joda, eso por lo menos? Cada vez que Nando sacudía el *shock* de lo acontecido volvía a revivir el empujón que le metió el policía, y volvía a escuchar los alaridos infernales que acompañaron la muerte de las tres pobres chicas atrapadas como moscas en una trampa de pega, pero que esta vez estaba hecha de hierro caliente, metal candente, carbonizante, como el del carro. ¿Y los pop-pop-pops que oía eran los ojos de las chicas explotando bajo el calor como palomitas de maíz? ¿Cómo procesar lo sucedido, cómo borrar esa marca infame que producía pesadillas con la misma frecuencia e intensidad de las luces de neón del puesto de gasolina, igual de rojas que el ABIERTO 24 HRS en la ventana? ¿Cómo volver a ser el mismo luego de algo así de intachable, luego de presenciar el ardor unánime, como una sentencia de solitaria de por vida, consumir sin ninguna necesidad tres vidas en la punta de sus dedos?

Recordó a Diana, la del punto de Quintana, pecosa como ella sola, y encima una truquera de siete pares de cojones. La Diana había enviudado hacía un par de semanas, y en su dolor los usuarios comenzaron una pequeña recolecta, que a su vez se había esparcido en ondas expansivas por el residencial, hasta llegar a casi mil pesos, y eso que la familia de su esposo ya había comprado la lápida. Pero con el dinero que recibió mandó a escribir sobre la lápida las siguientes palabras: en vida, siempre fría, al final duro.

De todas formas el policía, ese detestable tentáculo azul, lo sonsacaba otra vez, sacudiéndole el hombro de modo brusco, agitado. Los bomberos casi terminaban de apagar el siniestro. Algunos intercambiaban palabras.

¿Cómo está eso, como va a llover, el forense?, dijo uno.

Estupideces, pensó Nando, pero no pudo articular sonido alguno.

En vez, puso mala cara y logró, al cabo de un arduo esfuerzo, formular la pregunta: ¿Cómo que va a llover?

Pues, dijo otro de los tentáculos azules, porque están las tres toditas negritas como cuando va a llover y las nubes se ponen tó'as negras.

El monto total de idiotas azules y rojos se echó a reír, complacidos con ellos mismos.

Ya para entonces habían llegado los primeros equipos de noticias, moviéndose entre la uniformada con cautela, aprovechando la confusión para tomar los mejores vídeos posibles. Pronto llegaron todos y aquello parecía un hormiguero revuelto, repleto, todos con cámaras, luces, ¡acción! sobre los hombros. Nando regresó al recinto seguro de la grúa y optó por pasarle el trabajo a otro; según el protocolo, le tocaba el remolque a él, ya que había sido la primera grúa en llegar. Ya el segundo gruero en la escena esperaba con impaciencia al forense para poder enganchar el auto ennegrecido. Pero Nando no quería ese dinero, no quería esa sangre manchando sus bolsillos, por más vacíos que estuvieran.

Arrancó y viró en U en dirección de La Francaise una vez más, por si acaso Jotajota, el verdadero dueño de la grúa, lo estaba esperando todavía. Estaba cansado, desanimado, y para colmo el arrebato lo había desperdiciado lidiando con el pulpo azul y las tres chicas calcinadas. La Francaise continuaba desierta, salvo por la vagoneta, y ahora sí que cada carro que arribaba lento al local aceleraba al ver el charco de biombos oficiales brillando al fondo de la cuesta.

JANETTE BECERRA

Nació en 1965. Es abogada y catedrática de Estudios Hispánicos en la Universidad de Puerto Rico en Cayey. En el 2001 publicó el poemario *Elusiones* (EDUPR), que fue reseñado como uno de los diez mejores libros del año por el periódico *El Nuevo Día*. Ha ganado dos premios internacionales de relato en España (Fundación Gaceta 2009 y Encarna León de Melilla 2010). Conjuga la publicación frecuente en revistas y antologías literarias con la composición musical y la producción de crítica, columnas para la prensa y libretos para la televisión cultural del país. Su obra forma parte de las antologías *Literatura puertorriqueña del siglo XX* (Puerto Rico, 2004), *Perversiones desde el paraíso* (España, 2005), *Los rostros de la hidra* (Puerto Rico, 2008), *Poesía de Puerto Rico: cinco décadas* (Venezuela, 2009) y *Nuestra América* (Portugal, 2010). Es además coeditora de varios libros de estudios sobre el Caribe.

Milagro en Guanabacoa

Una fe como una guillotina, tan pesada, tan ligera.

"Aforismos"
Franz Kafka

Llegamos a Guanabacoa pasadas las tres, y aún nos tomó dos horas más dar con la antigua Ermita del Potosí, que para ese entonces estaba en pleno jaleo de restauración. Hacía ya rato que los albañiles se habían marchado de la loma polvorienta, y todavía el atardecer de aquel jueves esparcía un resol tan furibundo que obligaba a usar las manos como viseras y anegaba los ojos de una aguaza turbia, ácida. Resignados a no encontrar a nadie que nos orientara hasta la mañana siguiente, regresamos al automóvil y ya iniciábamos el descenso cuando lo vimos emerger, diminuto y ágil, a la vuelta de una curva. Se llamaba Eugenio Cárdenas y tenía los párpados achinados y la tez tersa, como asada al sol. Nos escrutó con asombro cuando le preguntamos dónde podíamos encontrar apariciones de la imagen del Nazareno.

—¿Cómo que dónde? En cualquier parte.

Y sin más se volteó y arrancó un manojo de maleza que crecía en la vereda para mostrarnos su bulto de raíces tiernas, que aún se desmoronaban de tierra.

—Mírelo aquí.

Mi marido y yo, incrédulos de que la Providencia castigara nuestras burlas al primer intento, tuvimos que mirarnos de reojo

103

antes de bajar del auto para examinar el alegado milagro. Los dos nos embelesamos contemplando aquella maraña de bulbos y arterias blanquísimas, espolvoreadas de un barro fino como de escarcha roja, pero entre las cuales no aparentaba dibujarse figura alguna. El individuo nos debe haber notado a leguas la falta de fe, porque se anticipó a cualquier objeción y, valiéndose del índice como puntero, fue recorriendo el rústico retrato:

—Por acá los ojos, aquí la nariz, miren de lado la corona de espinas.

Solo entonces, pintadas con tal destreza por los trazos transparentes de su dedo, las facciones del Cristo parecieron ir brotando como en un cuadro cubista, y creo recordar que hasta retrocedimos un poco para apreciar mejor el conjunto, que únicamente con gran esfuerzo ocular cobraba aspecto humano. Cárdenas se persignó y prosiguió su camino cuesta abajo sin despedirse, como quien ha hecho el simple favor de dar instrucciones de ruta, y lo vimos alejarse sosteniendo su preciado cargamento de arcilla con ambas manos igual que si de un recién nacido se tratase.

Habíamos llegado ese mediodía al aeropuerto de La Habana movidos por una curiosidad risueña, mezcla de turismo campechano y cierta antropología cultural que dignificara nuestra reputación de intelectuales: yo como escritora de la diáspora, él como fotógrafo urbano. Éramos jóvenes y nos creíamos dueños de la verdad, con esa autocomplacencia que siempre opone la razón a las supersticiones. Insistí en ir porque aún me perseguían en sueños las historias que de niña me contaba mi madre en el sillón vespertino, aquellas crónicas sencillas de una ciudad mágica a cuya vera había crecido, a cinco kilómetros de la capital, y que se erguía sobre una colina como calada de confiterías y manantiales para producir los caramelos más dulces y el agua embotellada más pura de la metrópolis. No niego que nutría mi ego esa autoridad conferida por la ascendencia que me permitía fingirme experta ante aquel adonis norteamericano, alto y de ojos verdes de abismo, que mascullaba a duras penas el español por amor a mí y de cuyo brazo me paseaba entonces por las calles de la patria imaginada. Pero Guanabacoa representaba sobre todo la posibilidad de documentar la falsedad de un mito que había impregnado con su olor visceral los recuerdos de mi madre: la leyenda de la imagen prodigiosa del Jesús Nazareno.

El origen de la historia se remontaba a los albores de la colonia: un óleo en tabla con la imagen del Mesías que Jusepe Bichat, indio converso del siglo dieciocho, había trasladado desde su humilde choza en la loma de la Cruz hasta la ermita del Potosí, edificada cien años antes y cuyas ruinas tiznadas él mismo había reconstruido a pulmón. A partir de entonces, la memoria de Bichat y la imagen del Nazareno se habían trocado en objeto de pública veneración, y gracias a sus rogativas fervorosas los labradores de la comarca recibían el copioso beneficio de las lluvias cada vez que a una sequía terca le daba con instalarse en la zona. Pero centurias después de pulverizarse la mítica pintura —y a espaldas de la prohibición oficial— el pueblo entero aún vivía empapado de una suerte de milagro perpetuo, y por todo el Caribe se corría la voz de que en Guanabacoa la estampa del Cristo se materializaba en cuanto recoveco pudiera imaginarse: en las papas crudas que cortaban los vecinos a mitad para guisar el almuerzo, en el anverso de las hojas de berza que se disponían a echar al caldo gallego, en las tapas de los frascos de mermelada con que untaban el pan, en la hogaza misma de pan que recién sacaban del horno, en los troncos de árboles que sucumbían a la tala, en los daguerrotipos de parientes muertos, en las radiografías dentales, en las tajadas de fruta bomba, en las barras de jabón y hasta en las vetas cuarteadas de los antiguos suelos de mármol, que ya cedían al estrago de los años como una piel arrugada por la decrepitud.

Quienes llegaban en peregrinación a la ciudad en busca del prodigio se topaban con él en la primera esquina, como ya sabíamos por experiencia propia, pero no bastó en nuestro caso la convicción incorrupta de los lugareños. Después de todo, no habíamos acudido en pos del milagro: cazábamos el folclor, el colorido disfraz de la superchería. Es cierto que durante los días que prosiguieron nos conmovió la certidumbre sin mácula, el dichoso espectro de la vida santificada que respirábamos a cada paso. Pero también nos divertían las pequeñas inconveniencias que suponía morar a la sombra del retrato omnipresente. Advertimos, por ejemplo, que hubiera sido blasfemia para los vecinos desprenderse de cualquiera de aquellas reliquias sagradas, por lo que se les volvía un problema cada vez mayor la acumulación exponencial de los objetos más insignificantes. Los vimos atiborrarlos en estivas fenomenales en los altares caseros, en las famélicas cocinas, en los patios sin techo, en las jaulas mohosas de pájaros fugados y hasta en las azoteas de las mustias ermitas que aún aguardaban su turno de restauración. Entonces recordábamos la cara de póker de Eugenio Cárdenas, con su camisa raída y su sombrero de guano, mientras descendía la cuesta matojo en mano, resignado a tener que conservarlo quién sabe dónde.

Notamos también, para satisfacción de nuestro orgullo escéptico, que el rostro del Nazareno adquiría las facciones humanas más diversas, según a quien se le revelara. Así, no era raro que el semblante de Cristo que había aparecido en la borra de café de una beata del pueblo fuera harto parecido al rostro que colgaba de su cuello en un escapulario, y que no era otro que el de su difunta madre, enterrada hacía tres décadas. O que los rasgos de faz agónica que se transparentaron en el vidrio de la bodeguita, la tarde que fuimos a tomar cerveza, se asemejaran mucho a los del hijo del dependiente, desaparecido en pleno fragor del 59 y cuya fotografía en blanco y negro aún coronaba la pared tras el mostrador. Solo nosotros parecíamos advertir que el pueblo entero se había convertido en un álbum de estampas de los amores perdidos, y que el verdadero milagro de Guanabacoa era la apacible convivencia con aquellos fantasmas que, a falta de tanta fe, hubieran sido dolor.

Pero en fin, apertrechados de anécdotas y fotos preciosas de la capital, abandonamos la Isla un domingo de agosto. Fueron días felices, colmados de tibieza, azúcar y agua impoluta, y si hoy guardo una memoria amarga de aquel viaje de juventud no es por culpa de las bondades sin reserva de Guanabacoa, la luminosa ciudad de mis recuerdos maternos.

Tiempo después quiso la suerte que me tocara vivir en Marsella, en plena Provenza francesa. Aquel paraíso tan ajeno a mi Caribe natal guardaba no pocas gratas fortunas, como la vista espléndida de las calas, el olor a pescado fresco del *Vieux Port* y un invierno suave y sonriente, que sabía tratar a los extranjeros con la hospitalidad de un buen anfitrión. Había venido a dedicar un año de sabática a la tarea solitaria de escribir, pero de eso ya iban diez, y la vida se había detenido como una de esas barcazas de pesca que encallan de vez en cuando frente a la costa Azul. A los seis meses de llegar, mi marido aprendió a mascullar la lengua local —como era su costumbre— y embarazó a una francesita engreída de París, con la que se fue a vivir a los *Champs-Élysées* al día siguiente de divorciarnos. Desde mi pequeña habitación en el barrio Panier oía en las noches el alegre repiqueteo de tacones ebrios que trepaban la escalera de adoquines hasta la *Place des Moulins*, cumbre absoluta de la colina. Y, aunque ya no rugían allí los molinos que siglos antes trituraban el trigo, aún descendía por la cuesta empinada un rumor parecido, que es el chasquido que hacen los labios cuando se besan bajo las farolas las parejas furtivas.

Un día almorzaba al pie de *La Charité* —ese coloso renacentista que Le Corbusier salvó de la demolición a fuerza de berrinches— cuando a todos los clientes nos sobresaltó el alboroto de una trifulca que llegaba de la calle. El *Taxi Brousse* era el único restaurante caribeño que frecuentaba, y, aunque ese día el sol de agosto filtraba por las ventanas una luz pálida que más se parecía a los crepúsculos de Puerto Rico que a un mediodía como Dios manda, a los comensales hipnotizados por aquellos picantes cocidos criollos poco podían afectarnos las nostalgias del trópico. Los más curiosos nos asomamos al oír el escándalo y apenas pudimos entrever, en medio del barullo de gente que lo circundaba, a un hombrecito escuálido que manoteaba iracundo contra la muchedumbre. Al dispersarse el gentío pude reconocer en aquel rostro tostado y aquel porte de indiano descarriado las facciones inconfundibles de Eugenio Cárdenas, que ya se alejaba por la calle empedrada. Lo llamé a gritos desde la puerta y se volteó con la misma naturalidad de hacía una década, pero creo que no me reconoció. Tuve que ir tras él y recordarle que nos habíamos conocido en Guanabacoa, y supongo que, de no haberlo invitado a un café en la mesa del restaurante donde aún humeaba mi potaje de carne guisada, no se hubiera atrevido jamás a dirigirme la palabra.

—¿Y qué hace por estos lares? —le pregunté, divertida por su compostura seria y su talante de ciudadano enfrascado en súbita misión diplomática.

—Vine a traer pruebas del santo —me respondió sin asomo de vergüenza.

Dos cervezas más y ya Eugenio me había explicado los pormenores de su peregrinación, supongo que aliviado de poder conversar en un castellano cantarín y desprovisto de esas perpetuas zetas que abundaban en la plática con los escasos españoles de la zona. Me contó cómo hacía unos meses, allá en Guanabacoa, un turista francés lo había convencido de viajar a Marsella para documentar las apariciones del Nazareno, porque en el consulado italiano de la *Rue d'Algers* habían iniciado los trámites para la beatificación de Jusepe Bichat. Solo la intervención milagrosa del santo podía explicar que hubiera logrado trasladarse a Europa sin tener ni dónde caerse muerto, pero ahora nadie sabía darle razón del proceso papal en la vieja ciudad francesa, y la secretaria del cónsul ni siquiera consideraba concederle audiencia a un guajiro raquítico y mal vestido, que alegaba haber venido desde la Antilla Mayor a testimoniar la santidad de un desconocido del cual, por cierto, jamás habían oído hablar. La bronca a la entrada del restaurante se había suscitado justo porque un muchacho en patineta había intentado robarle el maletín donde cargaba toda suerte de muestras de la imagen del Cristo, y el mesero que nos atendía no pudo menos que quedarse con la boca abierta cuando vio aquella colección de reliquias, que contenía desde lascas de mamey preservadas en bolsitas al vacío hasta chapitas enmohecidas de botellas de agua guanabacoense, primorosamente enmarcadas para la ocasión.

Me partió el alma verlo tan timado y desamparado, con su valija sagrada a cuestas como si fuera el muestrario ambulante de un vendedor. Ofrecí costearle el boleto de regreso a La Habana cuando él quisiera, y al terminar de pagar la cuenta lo consolé afirmando que la causa de beatificación de Bichat seguro no tardaba en comenzar, porque en Marsella también se aparecía a cada rato la imagen del Nazareno que él me había mostrado por vez primera años atrás. Arqueó las cejas con genuina sorpresa y me preguntó que dónde.

—¿Cómo que dónde? —respondí—. En cualquier parte.

Y le mostré la servilleta manchada con que recién me había limpiado los labios:

—Por acá los ojos, aquí la nariz, mire de lado la corona de espinas.

Pero entonces ocurrió que, según procuraba inventar sobre la mancha amorfa aquellos rasgos invisibles, iba materializándose contra mi voluntad el retrato perfilado y tierno de cierto adonis pasado. Detuve en seco el dibujo aéreo y sospecho que vista así —índice recto, ceño fruncido, sien abultada— parecería la viva estampa de Dios frente a su lánguido Adán en el techo de la Sixtina. Cárdenas ha de haber notado mi conmoción, porque se persignó sobrecogido y se levantó de la mesa. Y, cuando vio que yo también reunía mis cosas y me disponía a marchar, añadió perplejo:

—¿Pero no se la va a llevar?

109

La metí sin doblar en la cartera.

Desde entonces la contemplo con frecuencia, y he visto resurgir idéntica figura en los negativos de las fotos que olvidaron en mi cuarto, en la estela de niños franceses que llegan correteando al muelle y hasta en los arabescos de espuma que dibuja el barista en mi café, cuando a veces me siento a mirar cómo huye la tarde entre los inmóviles molinos de la plaza.

Francisco Font Acevedo

Nació en Chicago en 1970. Cursó estudios de Francés y Literatura Comparada. Ha sido colaborador editorial, maestro de Español, instructor de idiomas, crítico de libros y, en la actualidad, corrector legal del Tribunal Supremo de Puerto Rico. Ha publicado cuentos, artículos y ensayos en periódicos, en revistas nacionales y en soportes virtuales. Modera el blog *Legión Miope*. Tiene a su haber dos libros de ficción: *Caleidoscopio* (2004) y *La belleza bruta* (2008).

GUANTES DE LÁTEX

Como de costumbre ese día llegué temprano a mi despacho. Siempre he sido madrugador y me aseguro de llegar a la compañía antes que el resto de las corbatas. Cuando llego, Pancracia, mi empleada de mantenimiento, ha preparado el café y ha desinfectado casi toda mi oficina. Ella es la única que sabe hacerlo, la única empleada que goza de toda mi confianza. Al sentarme frente al escritorio siempre encuentro la bayeta nueva, inmaculadamente blanca, el desinfectante en aerosol y el sobre con los guantes de látex. Todo dispuesto en su justo lugar, como debe ser. Antes, pues, de revisar mi agenda y de leer sobre la bolsa de valores en *The Wall Street Journal*, me calzo los guantes y desinfecto minuciosamente la superficie de mi escritorio.

Soy así, me gusta ocuparme de los pequeños detalles.

Es curioso, sin embargo, que no me acordara que ese día —un viernes— habría noche familiar. Por lo general, desde unos días antes voy anticipando la ocasión. Estaba leyendo los titulares de un periódico, pasando las páginas por matar el tiempo, cuando di con la sección de anuncios clasificados. Por alguna razón me atrajo un anuncio cuyo título leía *Se busca dueño de mascota*. Muy original, muy hábil, pensé. Una persona buscaba un amo que la amaestrara, pero no dicho así, no con esas palabras. Es lo que se podía leer entre líneas; o, al menos, fue lo que yo leí entre líneas. En todo caso, fue el anuncio lo que me recordó que esa noche debía consagrarla a mi familia.

La anticipación de la actividad nocturna me mantuvo de buen humor el resto del día, a pesar de los dislates en las negociaciones del gerente de nuestra oficina en México. Una teleconferencia a tiempo salvó el acuerdo con una distribuidora, no el empleo del gerente a quien despedí de inmediato. Pero aparte de este percance, como quien dice una pajita en la leche, el resto de la jornada de trabajo transcurrió con normalidad: firmé uno que otro acuerdo y presidí algunas reuniones. A las seis y media de la tarde abandoné el edificio de la compañía.

Afuera el cielo sangraba los últimos vestigios de la tarde. Como de costumbre, Pepe, mi chofer, esperaba a que yo saliera para ir a buscar mi carro.

—Ya vuelvo rápido, don Antulio —me dijo.

—No te preocupes, muchacho. Cógete la tarde libre.

No era algo inusual, Pepe sabía que un viernes al mes me gustaba conducir de vuelta a casa. Calcé unos guantes de látex (siempre guardo unos cuantos en la guantera) y me puse al volante de mi Mercedes Benz. En lugar de tomar la carretera número 52 hacia mi hogar, me desvié hacia la número 1 y seguí de largo hasta desembocar en la avenida 65 de Infantería. Pasé por el lado de varios concesionarios de vehículos japoneses y de horribles edificios de gobierno que la noche tuvo la cortesía de ocultar. No creo que haya una avenida más sucia y enferma que esta. No hay un semáforo libre del asedio de uno o dos adictos, esos seres ruines y andrajosos que no se cansan de mendigar a cambio de ensuciar los parabrisas de los vehículos. Nada más ver un carro como el mío se agolpan contra la ventana para que les dé dinero. Soy incapaz de hacerlo. No soporto la idea de que una de esas manos sucias me toque. Ni aunque yo lleve guantes puestos.

Al llegar a la altura de un pequeño centro comercial, viré hacia la izquierda y me interné en esa zona mestiza entre Villas de Berwind y Country Club. Aquellas calles parecían haber sido arrasadas por un carnaval. Los que pululaban por allí no pueden llamarse personas; eran monigotes, esperpentos, figuras demacradas y viciosas. Un tipo que no había visto tijera y jabón en meses empujaba un carrito de compras lleno de cachivaches. Una pareja con ropas de los años setenta usaba un paraguas como mampara para compartir una misma aguja. Un trío de hijos de puta con cerveza en mano discutían a grito limpio y le hacían gestos obscenos a una prostituta reseca y en los puros huesos. Cúmulos de basura dondequiera decoraban las aceras. Aquellas calles eran la pesadilla de la ciudad.

Hacía tres meses que no venía por aquí. Las noches familiares me obligan, de continuo, a cambiar de zona. Y de carro: a veces el Mercedes Benz, a veces el Jaguar o el BMW, o alguno de mis vehículos americanos. Cuido siempre de los detalles. Conduzco sin prisa y calibro mi mirada hasta dar con el ejemplar perfecto. Aquella allí luce desesperada, pero es muy flaca. Aquella otra está entrada en carnes, pero tal vez es solo una prostituta. Tiene que haber un espécimen intermedio, siempre lo hay. Busco y busco conduciendo lentamente ante la mirada lerda de toda aquella fauna descalabrada. En la esquina de las calles Buzardo y Zumbador, justo frente al comercio Los Nidos de Flora, la vi. Culo grande, tetas todavía rebosantes, piernas llenas. Los ojos hundidos, la calavera ya sugerida en la mandíbula, las manos ansiosas en un cruce y descruce continuo. Era perfecta.

Detuve mi carro.

—Ven, móntate —le dije a través de la ventana del pasajero. Como ocurre con casi todas, primero dudó. Se acercó a la ventana semiabierta para examinarme. Comenzó a hablarme con ese lenguaje equívoco de las putas, un libreto harto conocido, pero eficaz. Fui al grano.

—No hay policía ni departamento de policía que pueda pagar por un carro como este. Vente conmigo y te pago trescientos dólares. Ciento cincuenta ahora y ciento cincuenta después.

Le mostré el fajo de billetes.

Enseguida partimos de allí. Conduje de prisa, ya eran las siete y media de la noche y no quería llegar demasiado tarde a casa. Llamé por celular a mi esposa, le dije que me había retrasado un poco y que fuera preparando a los muchachos.

—Rebequita está llorando de nuevo. Quiere estar con nosotros —me dijo mi mujer. Me la puso al teléfono.

Traté de explicarle a mi hija lo mejor que pude. No es fácil razonar con una nena de seis años. Transó por una visita a Toys "R" Us en algún momento del fin de semana.

Al abrir con el control remoto los portones de mi propiedad, la mujer expresó sorpresa y admiración. Nunca había estado en un lugar como este. Me estacioné en la cochera del ala norte y le dije que esperara. Fui al encuentro de mi esposa, quien me aseguró que Martirio, la criada, ya se había llevado a Rebequita al salón de juegos. Me cambié de ropa, me eché en el bolsillo unas cintas de plástico y volví al carro.

La mujer no se había movido del asiento. El espacio la intimidaba. Se sentía como cucaracha en baile de gallinas.

—Venga, princesa —le dije tomándola por el brazo.

Entramos al recibidor donde mi esposa, haciendo gala de su gracia social, la saludó.

—Buenas noches. Bienvenida a nuestro hogar.

Sin esperar respuesta de la invitada, la escoltó hasta el patio interior para mostrarle su jardín de hortensias. La invitada se dejaba llevar, la cara desencajada en una mueca bobalicona. Allí mi esposa le sirvió *iced tea*. Cero modales: se lo tomó de un golpe.

Yo fui a buscar a los muchachos. Diego, en su habitación, escuchaba la música de Metallica a todo volumen. Tuve que gritarle para que me escuchara.

—Ya llegó. Vamos.

Alba se aburría pintándose las uñas cuando Diego irrumpió en su cuarto.

—Ya llegó. Vente.

Los tres bajamos la escalera en caracol del ala izquierda. Cruzamos la galería de las habitaciones para huéspedes hasta el patio interior.

—Ella es la invitada esta noche —les dije a mis hijos, quienes enseguida se acercaron a la mujer para examinarla con esa curiosidad un poco morbosa de los adolescentes. El efecto del *iced tea* había sido inmediato: la mujer apenas podía mantenerse en pie y balbuceaba incoherencias.

—Ya es hora —anunció mi esposa.

Los cuatro acompañamos a la invitada al gimnasio. Mi esposa, contrario a mí, había anticipado todo y había preparado el espacio para la ocasión. Las máquinas de ejercicios habían sido arrinconadas y en el centro del lugar estaba la enorme tela. En el medio de la tela había una silla, encima de esta había una caja de guantes de látex y encima de ambos objetos colgaba la cadena de un saco de boxeo. Diego, todo un caballero, se adelantó al grupo y removió la caja para ofrecerle asiento a la invitada. Esta aceptó sin dilaciones; era obvio que estaba cansada, pues, más que sentarse, se desplomó sobre la silla.

Mencioné los guantes, y enseguida mi esposa y mis hijos se pusieron sendos pares que tomaron de la caja. Yo no, yo traía los mismos que me había puesto al salir del trabajo. Mientras ellos se acomodaban el látex, yo me adelanté. Con las cintas de plástico que guardaba en mi pantalón, fijé los tobillos de la invitada a las patas delanteras de la silla, le até las muñecas y, tras levantarle los brazos, la enganché a la cadena del saco de boxeo. Estaba lista.

—Adelante —dije.

Media hora más tarde habíamos terminado. Como de costumbre, mi hija y mi esposa fueron las primeras en abandonar el gimnasio. Rebequita, inquieta, de seguro estaría llorando; habría que darle helado y leerle un cuento. Diego echó la tela y los guantes usados en el incinerador. Después de ayudarme a guardar el bulto en el baúl del Jaguar, me preguntó si podía acompañarme. Estaba en esa edad en que se sentía todo un hombre.

—Esta vez no —le dije—. Tal vez el mes que viene.

Ana María Fuster Lavín

Escritora y editora puertorriqueña. Ha publicado los libros de cuentos *Verdades Caprichosas* (First Book Pub., 2003), premio del Instituto de Literatura Puertorriqueña; *Réquiem* (Isla Negra eds., 2005) premio del Pen Club de Puerto Rico; *Bocetos de una ciudad silente* (Isla Negra eds., 2007). Dentro de la literatura infantil, publicó *Leyendas de misterio* (Ed. Alfaguara, 2007). Ha publicado el poemario *El libro de las sombras* (Isla Negra eds., 2006), premio del Instituto de Literatura Puertorriqueña. Sus escritos han sido traducidos al inglés, portugués e italiano.

BOTELLAS AZULES

"La felicidad es breve. Es una palabra distante, tan extraña como obscena. Cada final presupone un nuevo comienzo, por eso el dolor nos abre los ojos, en vez de cerrarlos. Cuando sentimos dolor, ahí en el alma, aprendemos a apreciar esos pequeños momentos de felicidad y a vivirlos intensamente. No es por filosofar, lamento haberte causado tanto sufrimiento". Sigue dándome vueltas ese correo electrónico anónimo, aunque sospeché quién era el emisor. No volvió a escribir. Tampoco volví a saber nada de Ernesto ni de José Manuel.

Nunca estuve enamorada de José Manuel. Él lo supuso. Su necesidad de amar, un macho en plena crisis de los cincuenta, obstinado. ¿Amar...? Más bien poseer y sentirse hombre. ¡Qué mucho hablaba de sexo! Así no me conquistaría. Se lo dije, pero no le importaba. Su presión sanguínea de entrepierna, sus neuronas erectas terminaban aflorando en las conversaciones. Debí suponer que su amistad era imposible, aunque por ingenuidad llegué a salir con él. En realidad me atrajo su arte de reproducir obras de arte en pequeñas maquetas que introducía en botellas de cristal, siempre azules.

Espero encontrar algo para mi apartamento en este anticuario. ¡Allí! Hay que joderse, puta casualidad, pero si son botellas azules como las que hacía José Manuel. Me gusta la que contiene a un escritor frente a la computadora, y ¡qué detalles! Sus cabellos son como los de Ernesto. Lo acepto, todavía me afecta pensar en él.

—¿Necesita ayuda?

—Disculpe, estaba distraída. Voy a comprar esta botella —le dije a la vendedora del anticuario.

Había estado en trance un buen rato frente a un mueble antiguo: algunos relojes de arena, otros objetos antiguos y cuatro botellas azules. Tres contenían figuritas y solo elegí la que aparentaba estar vacía, como una extraña necesidad de adquirirla.

—Sí, señorita. $28.50. Las cosas no siempre son lo que aparentan. Y, como usted es la primera clienta, puede llevarse un obsequio de esta cesta —me dijo la vendedora, vestida de negro, tipo sastre, con corbata. Tomé una cadena de plata de la que colgaba una botellita de cristal con polvos escarchados color amatista.

—Es curioso, había pasado muchas veces por aquí y nunca había visto este negocio.

—Muchas gracias. ¡Buenas tardes! —dijo la vendedora, sin más. Tampoco insistí.

****

Nada de encuentros casuales. José Manuel había sido mi maestro de Español en intermedia, pero yo no lo recordaba bien. Después del primer reencuentro, repasando un álbum de fotos, me di cuenta de que, por alguna razón, en mi adolescencia le tuve miedo. Después de tanto tiempo, coincidimos una vez en la presentación de un libro; luego nos habíamos ido a beber y a tertuliar con unos amigos a una barra cualquiera.

En esa noche compartíamos palabras y cervezas cuatro poetas tratando de vivir la vida a plenitud, en una noche, en especial mi tierno amigo Arturo. Entre charla y charla, cerveza y cerveza, me daba cuenta de que José Manuel no me quitaba la vista de encima, pero yo seguía pendiente de Ernesto. En realidad, ambos me asechaban en un juego depredador de seducción, tan placentero como peligroso.

Dos de la madrugada. Salimos del local, ya Arturo se había marchado una o dos horas antes. José Manuel, Ernesto y yo pagamos democráticamente la cuenta y nos marchamos calle abajo hasta nuestros vehículos. El mayor iba en un extremo, Ernesto estaba en el centro y, de él, iba tomada de su brazo. José Manuel se despidió de nosotros sorprendido, pero no nos volteamos sino hasta llegar a mi guagua. Comenzaba a lloviznar y aproveché para darle pon a Ernesto, quien aceptó sin dudarlo. Ya sentados en el interior nos miramos y nos entregamos el universo boca a boca, la lengua electrizando cualquier recato, a cuatro manos nos abrazamos a la complicidad.

Le susurré: "La luna dibuja nuestros nombres". Él me acariciaba deseoso y tímido, como niño travieso me contestó: "Vivirás el nirvana de las sensaciones, pero esta noche las otredades esperan". Luego, sentí un carro que disminuía la velocidad y Ernesto bajó su rostro. La silueta que iba en su interior puso una mano en el techo y luego cerró el puño dando vueltas en el aire. *¿No es el carro de José Manuel?* Ernesto acarició mi rostro. "Mañana temprano te llamo, es tu cumpleaños, hermosa", y se alejó.

****

—¡Hola, soy Ernesto! ¡Felices treinta! —dijo al teléfono.

—Hola. ¿Todo bien anoche?

—Mis labios todavía me saben a ti... Miro mis brazos y tu calor es exuberante. Por primera vez no escribo poesía, sino que la vivo... Me bastas para soñar... Me faltas para vivir... ¿Dónde y cuándo podemos vernos?

Esas palabras de Ernesto galoparon sobre mi pecho. Quise

creerle y le contesté que saldría al mediodía, y nos podríamos encontrar en una cafetería de Santurce. Como estaba ansiosa, llegué un poco antes y me senté a leer. Lo observé acercarse a través de la ventana, lucía tan sensual cuando se echaba sus cabellos hacia atrás y se daba la última aspirada del cigarrillo. Me dio un beso discreto en los labios y me abrazó. Hablamos de muchas cosas, pero, en realidad, no sé cómo llegó el tema de su absurdo amigo.

—José Manuel es algo difícil, como si tuviese muchos rencores que se lo están comiendo por dentro. ¿Viste la pintura azul entre sus uñas?

—Sí, está pasando por un mal momento. Su mujer lo echó de la casa hace dos años y su novia Diana desapareció sin decirle nada. Eso lo empeoró. Ahora se dedica a crear esculturas y otras locuras con basura. Diseña pequeñas maquetas y las mete en botellas azules o las pinta de azul. Eso explica lo de sus manos. ¿Te interesa nuestro personaje? —me dijo Ernesto besándome las puntas de los dedos.

—Suena interesante, obras encarceladas en botellas.

—También hace ritos con su arte embotellado.

Nos reímos, curiosamente me cautivaba el extraño arte de José Manuel. ¿Por qué me habrá dado por comprar precisamente esta? Es como si la hubiese tenido antes entre mis manos.

****

¡Maldito tapón! Casi una hora en la misma mierda de avenida, estoy loca por llegar a casa. Pondré la botella en el piso de la guagua para que no se rompa. No sé, este maldito capricho me convoca el recuerdo de tantas cosas. ¿Qué será de Ernesto? La última vez que estuvimos juntos me envió luego un mensaje electrónico:

"Siempre estaremos juntos. Recuerda que el tiempo es infinito y nosotros también. Somos los ángeles del dharma. Te espero a las 5 p. m. en el lobby del hotel Milano en el Viejo San Juan. E.".

Le contesté *allí estaré.* Me vestí sensual, con la esperanza de un momento de intimidad con Ernesto, después de todo llevábamos más de un mes compartiendo clandestinos. Llegué al hotel y Ernesto no estaba aún, siempre he sido neurótica con la puntualidad. Pedí una cerveza y me senté a pensar.

—¡Hola! ¡Coño, qué bella estás!

Pegué un brinco al escuchar esa voz a mis espaldas, por poco me viro encima la cerveza. Vi una mano con mugre azul entre las uñas, le di la mía sintiendo escalofríos y decepción. *¿Tú?*

—Lo siento, tengo un mensaje de Ernesto, no podrá venir ni salir contigo de nuevo, o por un tiempo. Te enviará un *mail* explicando... Coño, sí que es afortunado el cabrón. Haré una botella especial para ti y tu poesía.

No le hice caso, estaba pensando en Ernesto, tenía un mal presentimiento. Solo me despedí.

****

¡Maldito tapón! Necesito llegar a casa y tomarme una copa de vino para olvidar tantos fantasmas del pasado y crear nuevas sombras. De pronto sentí un golpe de vértigo.

—¡Mierda! ¿Qué pasó? La botella ha rodado, ¿y el corcho? ¿Ese olor?

—Señorita, lo siento, la luz se puso verde y usted no se movió. ¿Está bien? ¿Está mareada?

—No se preocupe, no le pasó nada a ninguno de nuestros carros. ¿Siente ese olor?

—¿Olor? ¿Está segura de que se encuentra bien?

Miré al desconocido, solo le pedí que me ayudara a conseguir el corcho y nos tomamos los datos de los vehículos. Luego me dirigí a descansar un rato en el estacionamiento de un *fast-food* cercano. Siquiera salí de mi carro, tapé la botella y cerré los ojos por un instante.

****

Había pasado un mes desde que Ernesto desapareció de mi vida. Acepté una invitación de José Manuel para ir a su apartamento a ver sus trabajos de arte y leer poesía. Sus obras impresionaban, como la de una mujer que había salido con José Manuel las Navidades pasadas, pero no le comenté sobre Diana, tampoco la había vuelto a ver. En realidad, nadie. Salió en los periódicos como desaparecida.

—¿Te gustan mis obras? —me susurró, mientras rellenaba mi copa de vino, que tenía un olor muy frutoso y exquisito.

—Impresionantes. ¿Sabes algo de Ernesto?

—Le preparé una botella especial, para eternizarlo... —dijo, abrazándome por la espalda y raspando su erección sobre mis nalgas.

—Mejor no hablemos de Ernesto; ese maldito desapareció. Estará acumulando puntos con su mujer, claro, y yo que me tragué sus cuentitos de que se llevaban mal y que la iba a dejar. Fui una pendejita. Cuéntame de ti. ¿Ese aroma?

—Es el aroma de las feromonas. Aspira. Bebe. ¿Nunca te habían dicho cuán sensual eres?

En ese momento ya no podía reconocer su voz, era como si hubiese tomado otra textura, más tierna y aterciopelada, como la de Ernesto. Tomé otra copa del vino; mientras tanto, él descorchaba una de sus botellas azules, una vacía. Mi vista se tornó borrosa y comencé a sentirme excitada. José Manuel comenzó a desvestirme y pasarme sus labios por mi cuerpo. También lo besé. Así me fue llevando a su cama casi a fuerza de besos. No sé cuánto tiempo estuvimos en el juego erótico, dejando que su hombría jugara entre mis muslos y el cuarto se llenara de otra sombra. Gota a gota, antes de su eyaculación, aumentaban mis náuseas.

Cerré los ojos y comencé a sentir otros labios, aquellos recordados bebiendo mis gemidos. Era Ernesto frente a mí, boca a boca. Entre hombre y hombre sudando a trío, no podía soltarme, como si hubiese perdido la voluntad. Los dos hombres me poseían. Oí la risa burlona de Ernesto, levantándose de la cama me gritó: *No soy quien tú crees, quizá nunca lo fui, quizá nunca lo seré.* Desapareció ante mis exhaustos ojos y creí infartar mientras José Manuel seguía poseyéndome con violencia.

Lloré hasta que finalmente se vino sobre mi espalda. Corrí al baño y me senté bajo la ducha. Me dolía el sexo, también me dolía de mí. Sentí que me aplastaba sin remedio, que me convertía en un insecto insignificante, pero ni Kafka se apiadaría de mi maldito error de juicio. Desde la sala escuché a José Manuel diciendo: *Qué barbaridad si todavía lo tengo duro...* Vomité hasta los recatos, me limpié bien, me maquillé y me peiné. Saldría digna del baño.

—¿Y Ernesto? —le pregunté a José Manuel, que estaba desnudo, de rodillas, frente a su altar con una de sus botellas. Le echaba unos polvos azules.

—¿Qué dices, amor? Él ya tuvo su historia, su destino. Tú tendrás la tuya.

—Eres un cerdo. Lo invitaste a una orgía conmigo. Son unos monstruos asquerosos. Ojalá te pudras, ojalá termines en una de esas botellas de mierda. Te crees que son arte, son una mugre ordinaria.

Agarré el cubo de polvos azules con aquel aroma frutoso y se lo eché por encima. Luego corrí a mi guagua sin volver la vista. No supe más de ese miserable engendro.

****

—Señorita, ¿está bien? —dijo una señora que pasaba un pañuelo húmedo por mi frente.

Estaba sentada en mi vehículo, con la puerta abierta. Cuando miré hacia el piso entre mis pies, pude ver un charco de vómito, las tripas me rugían rabiosas tratando de devorar mi memoria. Pude ver a un niño que jugaba a mi lado con el corcho, me volteé rápido a la alfombra del carro. Se lo arrebaté con violencia y me despedí.

La señora me insultó. Encorché de nuevo la botella y apresuré la marcha hacia mi casa. Me alegro de no haber vuelto a ver a ninguno de los dos, como si se los hubiese tragado el mismísimo infierno. Cuando llegue, buscaré el lugar perfecto para instalar mi nueva adquisición. Tengo que pensarlo bien.

Es tarde y aún no han recogido la basura. ¡Qué país! La basura nuestra de todos los días... Eso es. Ese es el lugar que les corresponde a esta pesadilla azul y a los malos recuerdos. La puta basura. Llamaré a mis amigos a ver qué harán esta noche. ¡A vivir! Después de todo la felicidad es breve.

TERE DÁVILA

Posee un grado de bachillerato en Literatura e Historia del Arte de la Universidad de Harvard. Es escritora y publicista. Ha publicado el libro de ficción breve *El fondillo maravilloso y otros efectos especiales* (Terranova, 2009); los libros de fotografía y ensayo *Fiesta en Puerto Rico* y *Manos del pueblo* (Gabriel Press, 2002 y 2007) y *La Oreja Sebastián* (2004), un cuento infantil. Fue finalista del Primer Concurso Internacional del Cuento Breve del Salón del Libro Hispanoamericano, Ciudad de México. Sus cuentos aparecen en las revistas cibernéticas *Destiempos* y *Letralia* (2008), las revistas literarias *El morajú* y *Alternativo* y las antologías *Voces con Vida* (2009) y *Cuentos de once gavetas* (2010).

Melaza movediza

Algunos afirman que, casi un siglo más tarde, en días calurosos, todavía se puede oler la melaza salir de los adoquines.

Guía turística del North End de
Boston, 2009

El problema es que el tanque llora. Al principio eran solo pequeñas lágrimas viscosas y marrones que se colaban entre las soldaduras y caían sobre la calle adoquinada; gotas de melaza que los niños recogían con palitos para endulzarse la boca. Pero, ahora que el llanto es copioso y desciende en largas y lentas cascadas desde el tope, los vecinos lo recogen en cubetas que se llevan a las casas. Sin embargo, aparte de lo que se recoge en la calle para cocinar, es como si el llanto, además de silencioso, fuese invisible. *En el gueto, la gente no se alarma por algo que no tiene el poder de cambiar*, piensa Sullivan, mientras mira hacia arriba.

Él es la excepción. Les ha señalado el llanto a los oficiales que custodian el tanque, pero no le hacen caso. Ya saben que gotea, bastantes lágrimas les han caído encima. Se encogen de hombros; ignoran al cantinero que cada día se obsesiona más. A mediodía, antes de abrir la cantina, se empeña en ahuyentar a los chiquillos italianos que recogen el goteo. Tarde en la noche, cuando cierra, hace otra visita y observa por un rato largo, perturbado por la aflicción del coloso que domina el muelle.

Es el tanque mimado, el niño gigante de la American Industrial Alcohol Company, con una panza hecha para aguantar más de dos millones de galones de melaza. Su inmenso cilindro metálico es lo primero que ven los marinos mercantes según los barcos se adentran en la bahía, y, cuando el sol poniente rebota contra él, les lanza cuchillazos blancos. Las planchas de hierro que componen su coraza son tan grandes como los costados de un tren y están fijadas con roblones en tensión. No importa la hora del día, les tapa el sol a los edificios viejos adosados con escaleras expuestas; no deja que se seque bien el lavado que las inmigrantes tienden en las terrazas, y priva de la vista de la bahía de Boston a los viajeros del tren del elevado que discurre desde la estación del sur. La mole extiende su sombra plomiza sobre los obreros del muelle, los carretones tirados por caballos y las nuevas camionetas motorizadas que se dirigen al mercado; tiñe de gris el matadero de pollos, la cantina y la estación de bomberos que sirve al barrio que fue irlandés y se ha convertido en italiano.

Lo peor es la oscuridad, piensa Sullivan. Su madre ya no ve el sol por la ventana al levantarse; solo una pared de metal gris con ese llanto marrón que invade el sueño del cantinero y lo despierta con la sensación de que la melaza se le mete por las fosas nasales y la boca. Visiones y pesadillas lo ahogan. Sullivan se ve envuelto, no en almíbar casero para galletitas de jengibre y pasteles de nuez, sino en melaza bélica. La que llena el tanque y es la base del alcohol industrial para la dinamita que Estados Unidos les vende a los europeos que están en guerra. La necesidad de los aliados por armamentos para combatir el Imperio austrohúngaro llena las arcas nacionales y hace ricos a muchos; desmantelar el tanque sería detener esa fuente de ingresos. Mientras tanto, Sullivan lo mira llorar sobre la calle Comercio.

El North End ya no es su vecindario. Fue el de sus padres, que abrieron la cantina al llegar de Irlanda a través de Liverpool. Pero, desde entonces, los italianos han desplazado a los suyos. Llegan sin saber inglés, por supuesto, y muchos son analfabetos en su propio idioma. Aun así, se han ido quedando con los trabajos de los muelles y del matadero de pollos y con los kioscos del mercado. Muchos son clientes de Sullivan —él les sirve cerveza, ellos comparten con él— pero el cantinero admite que a veces ni los entiende y que algo los mantiene distantes. Observa cómo se juntan en clanes, dos y tres familias compartiendo un solo apartamento, sin ciudadanía, protegiéndose unos a otros sin esperar nada de quien no sea *paesano*.

Allá ellos, piensa. Él ya tiene los cuatro mil dólares necesarios para salirse, mudarse al norte, a Revere. Su madre verá luz por la ventana y él podrá respirar tranquilo, sin ahogarse de ansiedad y miedo cada vez que ve a niños jugando bajo la sombra del monstruo lloroso y gris.

Oye su vocecita tan pronto baja las escaleras y le quita la tranca al negocio. Reconoce el hablar cantado y se lanza a la calle porque sabe lo que la niña está haciendo. Grita ¡*Pascualina*!, y la llama para que salga de debajo de la barriga del tanque. Ella se da la vuelta y lo mira con grandes ojos sicilianos. La delatan manitas embarradas y una boquita sucia y pegajosa. Los otros niños, primos y hermanos, rara vez le hacen caso al cantinero irlandés y siguen recogiendo dulce a gatas. En cambio, Pascualina, más respetuosa a sus siete años, por lo regular viene donde él y lo saluda. Hoy, sin embargo, no lo hace. Aunque le sonríe, no se le acerca, y se queda parada entre Sullivan y el tanque, observando al gigante con mayor curiosidad que otros días. Y es que hay más conmoción que de costumbre.

Al muelle ha llegado otro coloso: el *Miliero*, desde Cuba. Atracó ayer con un cargamento de melaza que dicen es el mayor que se ha recibido en puerto norteamericano. Decenas de obreros descargan el líquido por un tubo que va del barco al tanque, y hay trabajo para todos. Además, la temperatura, que ha sido particularmente caprichosa este mes, invita al resto a salir de sus casas y curiosear. ¡Primavera en pleno enero, cuando dos días atrás estaba a cero! Es lo que dicen de Nueva Inglaterra: *Si no te gusta el clima, espera un rato. Cambiará.*

Sullivan decide aprovechar el día bonito y retrasar la apertura del negocio. Da una vuelta por el muelle, se topa con varios clientes y saluda a Gianni; no lo veía desde que dejó de ayudarle en la cantina para trabajar en el muelle. El muchacho sordomudo le responde con un ademán de la cabeza antes de volver a su trabajo. Está en mangas de camisa a pesar de ser enero, y suda, como también sudan los hombres que manejan y aguantan el tubo que descarga la melaza. Llevan en eso desde ayer, muchos sin dormir. Son dos millones de galones que ha traído el barco, y la labor, que aún no termina, lleva veinte horas corridas.

Todo ese tiempo, el tanque ha seguido llorando, como siempre. Pero esta vez hay algo diferente. A medida que lo llenan, emite gemidos roncos y suspiros que llaman la atención de Sullivan. Se acerca, y con cada paso se le hace más difícil respirar. Oye cuando el hombre encargado de la válvula de entrada le grita a su compañero, y pregunta si ese ruido es normal. El otro se encoge de hombros sin detener el trabajo.

Sullivan advierte un leve temblor, pero dura solo un segundo, y no está seguro de si en realidad lo vio. Entonces ocurre de nuevo: un temblequeo como si fuesen espasmos en la piel de hierro del tanque. La piel del cantinero tiembla en sintonía. Un ronquido quejumbroso vuelve a estremecer el metal, esta vez mucho más profundo que los gemidos anteriores. Sullivan siente el miedo subírsele a la garganta, lucha contra la pelota de terror que se le atora allí y apenas logra gritar, *¡Pascualina!*, antes de que la explosión lo tumbe.

****

El joven sordomudo encuentra su voz al ver la ola alzarse y venírsele encima: abre la boca y suelta un largo grito doloroso y descoyuntado. Sin embargo, la niñita que recoge ríos dulces solo mira hacia arriba, abre la boquita embarrada en forma de pequeña *o* y no emite sonido. No le da tiempo ni de llamar a su madre.

La sombra oscura le cruza el rostro y todo el peso de un marullo pegajoso la sumerge.

La primera estructura en desplomarse es el conjunto de vigas que da soporte al elevado del tren. Cede y es cubierta tan pronto cae. Una ola, alta como un edificio, estalla en todas las direcciones a la vez, tan destructiva como la dinamita que habría sido su destino si las soldaduras y remaches la hubiesen podido contener. Da contra el edificio de los bomberos, que se le entrega y abandona sus cimientos. La cantina también se viene abajo; se reduce a una montaña de ladrillos. La melaza inunda el muelle a la velocidad de un animal desbocado. Arropa el matadero de pollos, arrastra camiones motorizados y carretones con sus caballos, a los perros, las mujeres, los niños, las ratas, los gatos, la madera, el acero. Los barre a todos hacia la bahía, entre relinchos, cacareos y gritos, y, aunque tratan de huir, la masa negra y espesa los succiona. Un caballo lucha silenciosamente dentro de la melaza. Y hay otras formas, pero ya nadie puede distinguir si son de animal o de humano; solo se ven garabatos oscuros que pelean por no hundirse. Aquí y allá surgen convulsiones sobre la superficie negra, chispazos de almíbar.

Sullivan bracea y trata de mantener la cabeza a flote; se hunde, pero vuelve a subir, hasta que al fin la ola amaina y se detiene. Lo deposita a un extremo de la calle Comercio. Se incorpora. La lava de jarabe le llega hasta el pecho, pero se ayuda con sus brazos fuertes y toma rumbo pegajoso y lento hacia su casa. Va apartando escombros, y nota, a su izquierda, una mano que sobresale, blanca como forma fantasmal sobre un lago oscuro. Hala y logra sacar a Gianni de la melcocha, inconsciente. Le limpia los ojos, las fosas nasales y la boca del pegamento que lo asfixia, y, cuando un bombero llega hasta ellos, el cantinero se lo entrega, por lo menos, vivo.

Se adelanta, pero no ve la casa. En su lugar encuentra solo una montaña de ladrillos que sobresalen del charco. Comienza a removerlos, todo el tiempo imaginándose a su madre enterrada debajo. Y, aunque sabe que la labor es imposible para un hombre solo, sigue, ajeno al resto de la catástrofe, excepto por un momento en el que oye explosiones. No una ni dos, sino una ráfaga que parece no terminar.

Varios hombres se le unen y el trabajo avanza un poco. Por ellos se entera del progreso de los rescates, y que son muchos los muertos y heridos. Hay siete bomberos que se han quedado enterrados en los escombros de la estación. Pregunta por los disparos, y uno de los voluntarios, llamado Distassio, menea la cabeza y describe cómo el alcalde mandó a matar con escopetas a decenas de caballos atrapados.

El cielo ya se torna índigo cuando, al cabo de varias horas, sacan el cuerpo sin vida de su madre. Sullivan lo entrega para que sea llevado a la morgue, y, al girar, siente algo flotando cerca de la cintura. En la superficie viscosa distingue remolinos de cabello largo. Se dobla y recoge el cuerpo pequeño de Pascualina, roto. Es lo último que logra ver claramente antes de que anochezca.

****

Once días más tarde, sacan el cuerpo de Flaminio Gallerani de las aguas de la bahía, hacia donde fue arrastrado mientras conducía su camioneta Packard. Por suerte, los peces solo le comieron las manos y la esposa puede reconocerlo. Todavía hay muchos que no aparecen y sus familiares se acercan al muelle cada día a preguntar si hay noticias, pero se marchan igual que como llegaron. Los hospitales piden más doctores para atender a los heridos, mientras en la Industrial Alcohol Company hacen declaraciones públicas. La explosión, según ellos, fue causada por la diferencia en temperatura de la melaza fría que ya estaba dentro del tanque y la más cálida que provenía del barco. Dan largas explicaciones sobre cómo el choque provocó una supuesta fermentación; fueron gases a presión los que actuaron como una bomba. Convencen a muchos, esquivan el tema del gotereo, el de la necesidad de haber desmantelado el tanque hacía meses; eluden cualquier reclamo. Niegan que la capa pegajosa y negruzca que cubre adoquines, ladrillos, paredes y escombros tenga algo que ver con el llanto espeso que obsesionaba a Sullivan.

La catástrofe que tantas veces imaginó ahora lo fuerza a comenzar de nuevo, con menos de lo que tuvieron sus padres cincuenta años atrás, con menos aún que los pobres italianos. Observa cómo poco a poco regresan a los edificios que quedan en pie. Rebusca junto a ellos, trata de salvar para ellos lo que se puede, porque de sus cuatro mil dólares no queda nada, ni de su cantina, ni de su casa. Se une a las labores de limpieza y lo asignan al equipo de las mangueras de presión. Echa chorros de agua sobre la melaza incrustada en el suelo, arremete con coraje, pero cada día que pasa es más difícil sacar el sirope que se endurece con las temperaturas que vuelven a ser gélidas, normales para la época. La melaza se rehúsa a que le borren la huella.

Por el contrario, la huella se esparce.

Miles de visitantes curiosos llegan hasta el malecón. Sullivan los sigue con la vista mientras se pasean por cada esquina. Comentan sobre el olor a almíbar suspendido en el aire y respiran profundo para que se les meta adentro. Se les abren los apetitos con imágenes de panqueques dominicales embadurnados en sirope. Y, al pisar los charcos de llanto oscuro, sienten que los zapatos se pegan a los adoquines. Se detienen. Se miran las suelas. Entonces proceden con más cuidado, pendientes al sonido de chupón que hace el cuero contra la piedra.

Cuando al fin se van, se llevan un poco de la melaza, sin darse cuenta. Viaja pegada a las suelas de sus zapatos. Sale del gueto y hace a la ciudad suya. Deja rastro en los caminos empedrados de los jardines públicos; va a la universidad, se acomoda bajo los pupitres; deposita su huella sobre las losas de mármol de las oficinas del gobierno; llega al vecindario adinerado de Back Bay; se mete en las tiendas finas de la calle Newbury; se aloja en las alfombras de las lujosas habitaciones del Hotel Copley.

En el tren que cruza desde la estación del sur hasta la estación del norte, va Sullivan. Anochece. Y, sentado en el asiento incómodo de madera, cansado por el trabajo que consigue día a día en los barrios industriales, se le entrecierran los ojos. Entonces vuelve la sensación de ahogo. Se atraganta. Lo inunda el espeso olor a melaza que viaja con él.

JUAN LÓPEZ BAUZÁ

Nació en Ponce, Puerto Rico, en 1966. Narrador, ensayista y guionista. Hizo su bachillerato en Colgate University y estudios conducentes a la maestría en Literatura Comparada en la Universidad de Puerto Rico. Publicó sus primeros cuentos en la revista *Pluma*, de Caracas, así como en la revista *Arco* y el diario *El Espectador* de Bogotá en el año 1988. En Ponce es cofundador de la revista literaria *A propósito*. En 1997 publica con la Editorial de la Universidad de Puerto Rico el libro *La sustituta y otros cuentos*, galardonado con el premio del Pen Club como mejor libro de ficción. En 1998 recibe el primer premio del Certamen de Cuentos de *El Nuevo Día* con "El enviado". Sus cuentos han sido incluidos en las antologías *Mal(h)ab(l)ar, Los nuevos caníbales, Antología de la literatura puertorriqueña del siglo XX*, así como en una antología de cuentos de Casa de las Américas, Cuba (1993). Su novela *El Mar de Azov* se encuentra en proceso de publicación.

LA SUSTITUTA

¿Por qué no hago yo como los otros: vivo en armonía con mi gente y acepto en silencio aquello que pueda trastornar la armonía misma; ignorándolo como un mero error dentro del conjunto; teniendo siempre presente aquello otro que nos une felizmente y no lo que nos empuja una y otra vez, como por fuerza bruta, fuera de nuestro círculo social?

"Investigaciones de un perro"
Franz Kafka

Ahora que lo pienso, lo insólito del caso no fueron los hechos como tal, sino la desfachatez con que ocurrieron, pues resulta inconcebible que semejante cosa suceda así, sin reserva ni pudor, en un paraje de dominio público como es el parque a mediodía. Pero ahora que conozco a fondo el ritmo, la armonía, la taimada ejecución de la carnicería, la mesura y delicada perfección con que todo se cumplió sin contrapeso o resistencia, sumada la casi complicidad de los elementos naturales y otros factores del azar, ¿podría acaso señalarlos, culparlos, imputarles oprobio e ignominia? ¿Cómo decirles que estaba mal hecho lo que hacían, cuando yo, en su lugar, no les hubiera llegado a ellos a los tobillos, en lo que a esmero y excelencia se refiere?

Me gustaba el parque porque era distante y por lo general sosegado, porque los estrechos paseos no sabían del rigor ni del método, y burlábanse de la rosa náutica en un dédalo de encrucijadas y aceras sin salida. También me agradaban del parque las figuras fingidas por los árboles, cuyas copas despachaban sombras movidas por el viento y por la luz formando perfiles de gárgolas sobre la yerba... En fin, me gustaba el parque por su invitación a uno esplayarse por su silencio y ceremonia, y por el derecho de propiedad para las aves.

Llegué allí acompañado por Roberto Arlt inhumado en unas páginas de cuentos. Irrumpiendo distraídamente, entré en aquella atmósfera saturada por vientos cruzados, oscilando a uno y otro lado, esquivando una toalla de borde amarillo por ahí, un ramillete de uvas por allá, los zapatos de una pareja de novios más acá, hasta echarme en un banco como una paila de arena sin prestar más atención a la concurrencia. No sé, no me es fácil ahora precisarlo, quizá fue el trino escandalizado de un gorrión en su tifón de paja, quizá la macabra inmediatez del presentimiento... Lo cierto es que terminaba la quinta página de *Las Fieras* cuando la cabeza se me volteó como por un resorte interno, y fui testigo de cómo la muchacha del sombrero de paja entraba al parque remolcada por las gruesas cadenas de hierro que morían en las carlancas de sus dos enormes perros pastores. Y eran tales la fuerza del arrastre y la decisión de los animales que verdaderamente se me ocurrió si acaso no eran ellos quienes habían sacado a la muchacha a pasear, para que dejara ella manar contra un poste los líquidos de su vejiga o suelte por la acera bolitas de cabro.

La muchacha era robusta, saludable, coloradota y, aunque algo jorobada, no por ello incapaz de refrenar los caprichos de sus mascotas. No así, estas la jalaban de aquí para acá, de aquel árbol por cuyo flanco se precipita el busto de un emperador romano a ese banco de tablones rojos hundido en un arbusto de grosellas, y fueron arrinconándola por allá más lejos, por un cubijón del parque donde mejor a salvo estaban de las miradas curiosas y los abusos del sol. Parezca o no parezca inverosímil, había en la actitud de aquellos animales algo de fauno, algo de sátiro, algo de troncos peludos y piernas de cabro: allí los mismos temblores, los titubeos, las miradas escapando por los bordes de los ojos, la búsqueda de la encerrona, del ambiente cúbico y tenebroso.

142

Los perros formaban una pareja acoplada, muy acostumbrados entre sí. Pero debo decir que al cabo de un rato aquel acoplamiento mutábase en una compenetración exagerada, en qué sé yo qué complicidad que francamente me alimentaba las sospechas. En lo físico, eran ambos igualmente melenudos; uno blanco y algo más pequeño, de temple sumiso y cabeza gacha; el otro negro, fornido, claramente el jefe, la voz cantante. Calculando mentalmente deduje que de estar yo parado junto a ellos me llegarían a la cintura o algo por el estilo, viendo que los hombros de la muchacha apenas rebasaban de sus lomos, aun lo más enhiesta que podía. Los perros eran, pues, de un tamaño bastante considerable, pues la muchacha tampoco era ninguna enana.

¿Habrá sido un error de ellos no haber suprimido sus evidentes muestras de cariño hacia la muchacha, aun cuando estas rápidamente degeneraran en majaderías capaces de pisotearle la paciencia al más santo? Lo digo porque gracias a esta observación me fue fácil percatarme luego del cambio, de la expresión de alarma que se desparramó por la cara de la muchacha, su aferro más que casual a las cadenas que la unían a sus animales. Claro, tampoco era para menos considerando los saltos que los muy salvajes daban, y considerando también sus repentinos ademanes humanos, particularmente los del Negro, que combinaba su andar con un ladeo de derecha a izquierda en la cabeza ni que fuese él un soldado solitario que captura una aldea enemiga.

Como dije, el trío bajó por una veredita que llevaba a aquel sector alejado del parque, y, a mi entender, solo a la vista de quien ocupara el banco en donde yo me hallaba. Sentado al otro extremo de este, un anciano balbuceaba insultos contra el gobierno, acompañándolos con escupitajos que crepitaban como un incendio de caña contra las hojas del periódico que leía. El anciano tuvo que haber estado profundamente ensimismado para no percatarse siquiera del esbozo de lo que se avecinaba, por más de espaldas o sordo que estuviera. Lo digo porque el grupillo entró al parque con una turbamulta de aullidos y jadeos que otra de bombos y platillos no hubiera disimulado, pasándonos demasiado cerca para que alguien en su posición no se hubiese al menos inmutado.

Por lo común este tipo de cosas no suelen provocarme más allá del vistazo de reojo, o, en este caso, más allá del asombro frente al tamaño de los animales. Por ello me pareció extraño verme tan atento a los recién llegados, en vez de volver a la lectura como sería lo normal y correcto. Pensándolo bien, creo que la preocupación rampante en el rostro de la muchacha tuvo un efecto hipnótico en mí, un no saber si se mira o se ve. Sé que ella también presagiaba el peligro, el desbordamiento de una baba lenta; en cambio sus actos carecían de intento alguno por evitar aquello —¿aquellos?— que pronto le caería arriba, y, mientras los perros la jalaban hacia el lugar de los hechos, ella se dejaba como que llevar sin quererlo, entregada a un abandono característico en víctimas de agresión o de secuestro. El Negro parecía haber estudiado a fondo no solo la geometría del parque, sino la posición exacta de cada uno de sus ocupantes, desapercibiendo —a saber por qué disloque en la fortuna— la mía: mimetizado tras un arbusto, pasé inadvertido, no sin antes asegurarme de poder observar toda la escena, armándola a modo de rompecabezas juntando los intersticios que bullían como pájaros entre su fronda.

De pronto el anciano dobló cuidadosamente el periódico, y se marchó en dirección opuesta a donde se encontraba el curioso grupo reunido. Creí ver en esos momentos al Negro mover efusivamente la cola y relamerse los bigotes con un regocijo inteligentísimo. El Blanco, tal vez menos observador, movió a su vez la cola, con menos entusiasmo, y no por observación propia, sino como resultado de la alegría de su compinche.

Antes de proseguir quisiera poner algunas cosas en claro: el propósito principal de esta narración es describir los hechos tal cual. Punto. Ruego, por lo tanto, que no se pase juicio —seguramente desfavorable— sobre mi reacción, o mi falta de ella, frente al suceso. Ante todo debe señalarse que, dada la rareza del lance, otro (estoy seguro, ¡segurísimo!), en mi lugar, hubiese actuado idénticamente. Además —y lo digo sin ánimo de justificarme— debe exponerse el problema, tal vez más personal, de que aquellos sucesos tan extraordinarios produjeron un vaivén narcotizante en mi entendimiento, cierta turbulencia en mi cabeza, tanto por el profesionalismo de su ejecución como por una praxis dirigida a señalar otra cosa, una baba gelatinosa que buscaba desbordar los límites de lo posible, un pujante anhelo de que todo se consumara de acuerdo con no sé qué designios. La droga de aquella irrealidad me frenó los movimientos.

En fin, que la muchacha recostó la espalda contra el tronco de aquel árbol tan apartado, perpendiculando el resto del cuerpo con el suelo, custodiada a ambos lados por los animales, también sentados. En esta pose alcanzaban ellos mayor altura que la muchacha, quien menguaba ahora poco a poco en el sueño, semejando un centinela dormido entre soberbias estatuas de canes, a las puertas del castillo de su señor chino. El Negro vigilaba escrupulosamente, frunciendo el entrecejo, percatándose de cualquier modificación del ámbito, en tanto que el Blanco daba a sus gestos cierto disimulo, perpetuando algunos gestos animales que el Negro ya había abandonado casi por entero. La muchacha, un poco más sosegada, reposaba con los ojos cerrados y las manos juntas sobre el vientre, de donde salían hacia cada lado las pertinentes cadenas que la unían a sus bestias.

De pronto hubo un intercambio de miradas entre ellos, un brusco entrecruce de señales, y, sin piedad, haciendo papilla aquel cariño que creí notar, se arrojaron contra la casi adormilada. El Blanco se encargó de inmovilizarle los pies, sujetándolos con una pata y atándoselos con la otra usando para ello su propia cadena, que había arrebatado de las manos reposadas con un tirón inicial. La agilidad y ligereza de sus patas eran cosa de otro mundo. Parecía un hombre que se disfrazara de mono que se disfrazara

145

de perro pastor. Por su parte, el Negro, con igual destreza, ahogó los gritos de la muchacha con una de sus zancas mientras que con la otra tomaba su propia cadena, la enrollaba al cuello de la muchacha, y comenzaba a aplicar presión tirando hacia atrás el cuerpo para incrementarla con su propio peso. El sombrero de paja salió disparado gracias a una marejada de convulsiones que sacudieron el cuerpo de la muchacha a medida que le era más caro obtener el aire, pero ahora el Blanco se encontraba encima de ella, sujetándole los brazos que buscaban zafarse con más y mayor violencia en tanto la tensión de la cadena contra su garganta se hacía insoportable. Aunque aquello era terrible, terrible —¡una verdadera desgracia!—, había que admirar la dedicación de las bestias que, pese al forcejeo y a los nervios, no bajaban la guardia ni un instante, asegurándose de que nadie fuese a ocupar el lugar en donde se dibujaba aún el ectoplasma borroso del anciano.

Poco tiempo duró el forcejeo. Al final la muchacha vertió levemente la cabeza a un lado, así, sin aliento, como un cisne herido cuyo cuello al lado cuelga demasiado débil para estar erguido, y dejó de convulsar, estrangulada, con un suspiro que cada vez que sueño escucho por mis adentros.

Exhaustos, aunque sin desperdiciar ni un segundo, los perros se lanzaron a la labor de desenredar las cadenas de cuello y piernas del cuerpo del delito, escandalizados, como si no hubiesen sido ellos los responsables de la barbarie, como si quisieran resucitarla dándole el jugo de su arrepentimiento a beber, todo el tiempo sin bajar la guardia, con sus ojos en los ojos de los demás ojos…

La pura verdad es que me horrorizó el sesgo que comenzaron a tomar los eventos cuando el Blanco comenzó a quitarle los pantalones a la muchacha muerta, y el Negro a desabrocharle los botones de la blusa. En cuestión de nada tuvieron al cadáver completamente desnudo, junto al montoncito de su ropa, que entre los dos doblaron, y los zapatos, cubiertos con un toldo de paja en estampa de sombrero. Pero, contrario a mis peores sospechas de una ofensiva práctica necrofílica, el Negro procedió inesperadamente, con movimientos dislocados del cuerpo entero, a morderle el cuello con una fuerza de quijada capaz de serruchar un poste de acero, y en muy poco tiempo le había cercenado la cabeza con un cuidado y precisión que ni guillotinada. La incisión fue en su conjunto una obra maestra, subrayando cautela en la separación de la médula espinal con la base del cráneo, y me cuesta mucho pensar que un animal apto para una intervención de esta categoría no posea ciertos conocimientos básicos de anatomía. El Blanco, por su parte, seccionaba rebanadas y rebanadas de muslo con mordiscos algo más descuidados, y hasta casi le separa la pierna izquierda de una sola tarascada indiscriminada —parece que había encontrado escollo en la coyuntura del fémur y el hueso de la cadera, pues acabó liberándola con sacudidas desesperadas de ambas patas—. Obedeciendo a un plan preacordado, el Blanco se encargó de las partes bajas, y aunque no lograba la excelencia de cada tajo ni la gracia de una sabia hendidura, como era el caso del Negro, que no había roto una sola regla de urbanidad, desarrollaba, no obstante, mejor velocidad en la faena. El Negro, como dije, se encargó primero de la cabeza, y luego pasó a separarle los brazos del resto del cuerpo como quien corta las bifurcaciones de una ramita para dibujar una cotorra en la arena. ¡Y qué admirable cómo los ríos de sangre que escupía el cadáver eran restañados por las lenguas de los perros sin distraer empeño en la disección, al punto que en ningún momento el rojo se mezcló con el verde de la yerba! El resto de la muerta, el tronco, se lo dividieron como buenos hermanos, tocándole a uno la región torácica y al otro la sacrocoxígea; y como eran dos bocas trabajando en una misma incisión, la acabaron en menos de lo que canta un gallo.

Descuartizado el cuerpo, cada cual se ovilló junto a sus cortes selectos, y comenzó a devorarlos a dentelladas, locos, locos, hasta en un tris almorzarse a la muchacha dejando de ella los huesos relucientes. Tomando en cuenta que ambos se tragaron los trozos de carne con más apuro que deleite, no pude pasar por alto cierto regocijo por parte del Negro en lo que respecta al área de los ojos, lo que me induce a pensar que el líquido óptico podría ser un rico néctar en el oscuro mundo canino. Pongo en duda, por el contrario, la suculencia de los sesos, ya que descartaron el cráneo a un lado con cierta hostilidad, como hacemos los humanos con la bilis del cangrejo. El Blanco, por allá, gozó de lo lindo con las partes naturales, o por lo menos así sonaron aquellos relamidos sin duda perversos…

Una vez quedó sobre la yerba la osamenta del cadáver, ambos procedieron a cavar un fosa en donde sepultarla más rápido que ligero. Fuera o no fruto de la urgencia, noté aquí cierto relajamiento, un no cuidar el frente de batalla defendido hasta el momento a brazo partido, lo cual hubiese permitido a cualquiera un acecho menos cuidadoso. Con gestos otra vez perrunos, lograron una profundidad razonable, y procedieron de inmediato a recoger cada trozo de la muerta —ahora de nuevo humanos— con respeto, y a darle cristiana sepultura sin olvidar una clavícula, un huesito de los dedos, persignándose finalmente haciendo una cruz bastante rústica por contar solo con cierta flexibilidad en sus músculos. El panegírico: un aullido a dos voces, como si a una luna llena regañaran. Pero ya cuando pensé que incluirían los ropajes en la inhumación, los vi cerrar la fosa, dejando la crucial evidencia a plena vista. (¡Ah, pero y quién, quién se iba a imaginar!). Me confundió esta negligencia, y a ley de nada estuve de salir de mi escondite y recordarles tan importante detalle; mas antes intuí que aquello no podía ser el término de algo llevado a cabo con un orden tan específico, con una división de las labores tan duramente estipulada, con un afán tan sentencioso…

No, no me engañaba, aunque tampoco me convencían sus artimañas. En mi opinión fue aquí donde más gravemente erraron las bestias, y de nuevo estuve a nada de revelarme y hacerles entender que aquello no era necesario, que era demasiado evidente y los traicionaría frente a las autoridades. Pero ¿quién era yo en ese instante para decir o decidir, yo, ahogado acá en mi mundo que nada tenía que ver con el de ellos? ¿Cómo imponerles una jurisdicción que les hubiese sido incomprensible? Además de que, revelándome, corría el riesgo de convertirme yo en postre, lo cual no me hacía ninguna gracia. No, mejor no. Comprendí que debía aceptar sus resoluciones con la misma sangre fría con que acepté los momentos más atroces del crimen. Que hagan lo que les dé la gana, me dije. ¿Y qué fue esto? Pues el Negro engalanarse con las ropas de la difunta —pantalones, zapatos, sombrero, pantis, blusa— y salir como si tal cosa en las patas traseras sujetando con una delantera la cadena que iba al Blanco, que le seguía a poca distancia fingiendo interesarse por el olor de los postes y los bancos, y, aun cuando creí bastante obvia la metamorfosis, no sé cuán podía serlo para otro, vedado del espectáculo que a mí me deparara la ventana del azar. Es más, ahora que lo veo en el recuerdo, lo hacía tan bien el diantre de Negro, contoneaba el cuerpo en tan fiel imitación de los ademanes y gestos de la muchacha, que, a pesar de la pelusa repartirse por su cara como una ola de algas, salirle por las mangas y hasta por el ruedo del pantalón, lo cierto es que resultaba bastante difícil encontrar algo extraño o fuera de lugar en aquella muchacha que partía del parque acera abajo, frenando con la cadena las veleidades de su inquieta mascota.

LUIS NEGRÓN

Nació en Guayama, Puerto Rico, en 1970. Escritor, librero y crítico de cine. Estudió Periodismo en la Universidad del Sagrado Corazón. Se desempeñó como crítico de cine para el periódico *La Semana* de Boston (1999). Fue miembro fundador de Producciones Mano Santa, colectivo responsable de la *Muestra de Cine Gay y Lésbico de Puerto Rico* (2001) y la *Bohemiada de Orgullo Gay* (2001-2006). Colaboró como antólogo de *Los otros cuerpos. Antología de temática gay, lésbica y queer desde Puerto Rico y su diáspora* (Tiempo Nuevo, 2007), junto a Moisés Agosto y David Caleb Acevedo. Miembro activo del Colectivo Literario Homoerótica. Publicó su primer libro de cuentos *Mundo cruel* con la editorial La Secta de los Perros (2010).

Mundo cruel

Desde esa madrugada José A. y Pachi, los chicos más fabulosos y espectaculares de la barra, tenían un mal presentimiento. José A., líder indiscutible del dúo, despertó sobresaltado. Había soñado que estaba en Boccaccio, barra gay en Hato Rey y salón de baile detenido en los ochenta. Según Pachi allí solo iban dueños de *beauties* de marquesina, enfermeros, empleados municipales y horror de sus horrores: buchas machúas. No solo soñó que estaba allí, sino que en la pesadilla tenía puestos unos mahones blancos y *spray* de brillo en el pelo. Pobre José A. Para sentirse mejor fue al baño y vomitó. Eso siempre le calmaba los nervios y lo hacía lucir esbelto.

Pachi, también un chico espectacular y con un paso de llegué yo que todo el mundo lo notaba, tuvo un momento angustioso la noche anterior. Lo levantó sobresaltado la terrible idea de que tal vez le cortaron el servicio de celular y, aunque él sí podía hacer llamadas, necesitaba cerciorarse de recibirlas. No lo pensó más. Bajó a la calle para llamarse desde el teléfono público. Sin tiempo que perder y avanzando, se midió cuatro pantalones diferentes. Se probó seis camisetas. Se echó yel en el pelo, se afeitó un poco las piernas y salió pensando que si le cortaron el servicio era porque alguna loca envidiosa que trabajaba en la compañía de celulares estaba jodiendo con él. Pero cuando llegó al público llamó a su número y vio parpadear las luces de su Blackberry. Aló, se dijo, y escuchó su propia voz contestándole y le preocupó que sonara tan pato. Por lo menos estaba activado, imagínate qué vergüenza. Aun así, mientras caminaba por la Ashford mirando su reflejo de las vitrinas, ese mal presentimiento se le encajaba en el pecho. No se le iba. ¿Madre mía, qué será? Se preguntaba totalmente con desasosiego.

Of course, no le comentaría nada a José A. La palabra *presentimiento* podría dar cuenta de un pasado hace tiempo compactado y enterrado: tenía una tía espiritista en Carolina, no en Isla Verde, sino en pleno Country Club. Carolina es como decir Loíza —pueblo de negros— y, si eso se sabe, se hunde para siempre.

Ambos se encontraron en el gimnasio por la mañana y les dieron tanto a las pesas que salieron casi tiesos. Durante el desayuno de Gatorade con *power-bars*, fueron testigos de algo que los dejó atónitos: Gabriel Solá Cohen, dueño de Consultores de Ambiente, propietario del único Audi *lavender* en Puerto Rico y poseedor de una genética casi de encargo, se estaba comiendo nada más y nada menos que unos huevos fritos con tostadas de pan blanco. La decepción se apoderó de ambos. Si la gente fabulosa daba esa rayá de disco al *soundtrack* de la fabulosería y espectacularidad, y se comportaba con esos hábitos, el mundo tal y cual lo conocían estaría a punto de acabarse.

Y así era. Del mal rato, José A. llamó a su estudio y pidió a su asistente que cancelara todas sus citas y compromisos, pues estaba indispuesto, estoy fatal, le dijo. El sueño de los mahoncitos y el olor de los huevos fritos le arruinaron el humor. Miró su reloj y vio las doce del mediodía. Tenía exactamente doce horas para ir a la barra. Mejor concentrarse en lo que se iba a poner.

Pachi, a pesar de la molestia, no tuvo más remedio que ir a su oficina. El jefe corporativo había citado a todos a una reunión. No solamente a los ejecutivos de cuentas o gerenciales, como él, sino a todo el que estaba en nómina. Todos y todas, leía el comunicado. El mismo jefe abrió la reunión diciendo, oigan bien, que ese era un día especial, pues a tono con los nuevos tiempos y para beneficio de la firma y sus colaboradores y colaboradoras había invitado a unos jóvenes líderes de quién sabe qué, que venían a hablar de la homofobia en el trabajo.

Pachi tragó vidrios cuando vio a los sujetos, pues no se les puede llamar de otra forma. Ya los había visto en la barra en chancletas y con bultitos repartiendo condones y papeles para manifestaciones a las que nadie iba. Estaban allí con los pelos tostados y curtidos por el sol que cogen en tanta marcha. A Pachi no le quedó más remedio que repetir lo que ya era su mantra: ¡qué ridiculez!

Al final de la presentación fueron dieciséis los que salieron del clóset, incluyendo a Mundo, el de mantenimiento que dijo a toda boca que él era bisexual pasivo.

Todo el mundo se quedó de lo más campante. Nadie protestó ante tal espectáculo. Pero, si algo tenían claro él y su amigo José A., era que la patería no es asunto para promulgarse a cuatro vientos. Cuando se dio cuenta de que lo estaban mirando se retiró sin dar excusas. Fue al escritorio, cogió su maletín, su bolsa del *gym*, se arregló el pelo, se echó perfume y salió casi corriendo.

Ya en la Land Rover prendió la radio y en todas las emisoras, hasta en las evangélicas, se estaba haciendo un llamado a ponerle fin a la homofobia. Es más, en plena Ponce de León estaban subiendo un *billboard* con la foto de una pareja de lesbianas con dos nenas negritas que leía: El odio no cabe en el calor de un hogar. Vivamos nuestra diversidad.

Pachi miró alarmado y vio a un policía en draga y la gente como si nada. Vio unos chamaquitos cogidos de mano y la gente como si nada. El terror lo embargó.

Pachi se echó a llorar cuando su celular sonó —para su alivio y consuelo, y mira que lo necesitaba, con tal mañanita—, después de casi doce horas sin recibir llamadas. Era José A. diciéndole que se fuera para su casa después del trabajo, para así ponerse *ready* para la barra. Pachi, ahogado en llanto, solo pudo musitar un sí.

Después de dar seis vueltas, consiguió estacionamiento y marcó el *intercom* para pedirle acceso a su amigo. Temblando y entre sollozos le contó a José A. lo que estaba pasando en el mundo. José A. no se había dado cuenta de nada porque estuvo el resto del día con una mascarilla sueca de frutas en la cara. Siguiendo las instrucciones para el facial, no había podido levantarse ni tan siquiera a vomitar, y mira que en una le dio con que la fruta de la mascarilla lo podía hacer engordar.

Así que lo que le contaba su amigo le parecía totalmente descabellado y trató de consolarlo diciéndole que no se preocupara, que esa noche iban para la barra y de seguro la homofobia estaría intacta allí. Logrando que su amigo se calmara un poco y para poder bregar con esta pequeña crisis, José A. fue a su baño y vomitó. Los malos ratos, había leído en *Gay Style*, hacían que la grasa se acumulara en el cuerpo y, al recordar eso, se metió el dedo otra vez para no dejar nada. Durante las próximas seis horas, se arreglaron y acicalaron tanto que cuando salieron para la barra a un cuarto para las doce parecían de goma y dignos de vitrina en Plaza.

Iban camino a la barra en la Land Rover de Pachi. Con la música del estéreo, Gay Ibiza VIP Club Music Collection, disimulaban la ansiedad que les causaba pensar en la posibilidad de que la barra estuviera también afectada. Pero casi a la entrada de la hasta entonces exclusiva (hombres a diez, mujeres a treinta, ¿captas?) y súper *in* barra, vieron la primera señal de que el mundo, su mundo, se estaba yendo para el mismísimo carajo. Seis parejas de lesbianas, con el celular en la correa, estaban entrando. Alarmados y casi reclamando le preguntaron asqueados al *bouncer*, ¿Es noche de mujeres? El *bouncer* les dijo que no.

Entraron como pensándolo, pero sin perder el paso, y, con la nariz respingada, se fueron a una esquina a ver a quién ignorar. No había tanta gente como de costumbre, pero lo peor era que casi todos estaban vestidos de forma casual por no decir tiraos.

En ese entonces paró la música y el DJ anunció que se fuera todo el mundo para la calle, pues el municipio tenía Gay Nights en Santurce, todos los primeros jueves de cada mes. Todo el mundo salió a la avenida. José A. y Pachi salieron con cara de disgusto y con las manos casi en alto para no tocar a tanta gente lucía y sudada.

156

Un tramo de la Ponce de León estaba bloqueado. Se había formado tremenda algarabía. La gente conversaba, reía y bailaba. Hasta unas dominicanas habían improvisado un kiosco para vender frituras. José A. y Pachi se fueron a una esquina y allí se encontraron con unos activistas, furiosas y furiosos porque ni a ellas ni a ellos nadie les daba crédito por el fin de la homofobia. Deberían hacer un anuncio dándonos las gracias, decían.

En ese momento, entre la muchedumbre bailadora, Pachi vio al dulce amor de su juventud. Papote, el hijo del bombero. Venía hacia Pachi con la misma sonrisa hermosa que lo llevó a amarlo cuando estaban en la *high*.

Papote, con canitas y las libras de más que causa la vida estreit, le agarró las manos y le dijo:

—Bebé, vente que ya salí del clóset y vine a buscarte.

Le entregó las llaves de su guagua a José A. para no dejarlo a pie y, sin darse cuenta, ya estaba bailando bachata en plena Ponce de León con el hombre de su vida. Con un ojo vio la cara de asco de su amigo José A., pero con el otro vio los labios carnosos de Papote. Con todo y que tenía un bigotito medio caco, lo besó y le dijo rindiéndose a lo que fuera:

—Papito, me voy contigo adonde sea, pero primero llévame a comerme una mixta, que llevo veinte años con hambre.

Y se fueron.

José A. lloraba de la rabia; no era por Pachi, pues de sobra sabía de qué pata cojeaba su amigo, sino porque la ropa que llevaba puesta le había costado muchísimo y para estar callejeando no era. Respingó su nariz, paró detrás de la guagua para vomitar el olor a fritanga y se montó para salir.

En ese momento se prometió que al otro día vendería todo y se iría a Miami. Pues él, José Alfonso Lapís, de los Lapís de Ponce, no se mezclaba con chusma y jamás viviría sin decoro. ¡Jamás!

CEZANNE CARDONA MORALES

Nació en Dorado, Puerto Rico en 1982. Cursó estudios en la Escuela Central de Artes Visuales y el Conservatorio de Música de Puerto Rico. Obtuvo un bachillerato en Artes con concentración en Historia y Estudios Hispánicos de la Universidad de Puerto Rico, Recinto de Río Piedras. Ha publicado en la Revista *La Torre* y colaborado con editoriales como redactor y editor para Santillana, Océano, Norma y SM. Actualmente finaliza sus estudios graduados en Literatura Comparada. En el 2009 ganó el Certamen de Cuento de *El Nuevo Día* y en el 2010 publicó su primera novela, *La velocidad de lo perdido* (Terranova editores).

EL CUADRANGULAR INFAME

En este deporte [el béisbol] —posiblemente el más difícil— hay una diabólica posibilidad de que la inmortalidad lograda en el terreno de juego camine cerca de abismos mortales, humanos, demasiado humanos.

Edgardo Rodríguez Juliá
Peloteros

El crimen no cuenta.
Necesitamos una culpa superable.

Juan Villoro
Los culpables

Debo a la conjunción de un genocidio y de un cuadrangular con las bases llenas la historia del jardinero central Reba Kigali. Aunque recuerdo haber visto su nombre por primera vez en la lista de prospectos durante la huelga de las Grandes Ligas de 1994, no fue sino hasta aquel cuadrangular que Reba bateó en la Serie Mundial de 1996 —por el que casi perdemos el campeonato— que pude confirmar la mancha que preludiaba su nombre.

Pesa aún en mi memoria la risa irónica que nos entró a todos los que estábamos en base cuando supimos que a Reba Kigali le tocaba su turno al bate. Yo estaba en primera; había impulsado dos hombres en base con un imparable por el jardín izquierdo. De seguro mi batazo despertó los gritos a boca de jarro de los fanáticos que habían comenzado a abandonar las gradas ante la inminente derrota. Estábamos en la baja de la novena, los Bravos de Atlanta tenían siete carreras y nosotros, los Yankees, solo cuatro. Y, aunque no había *outs*, la prisa de los milagros no me dejó saber si aún quedaban esperanzas. Pronto, el dirigente de los Bravos pidió tiempo y se acercó a Greg Maddux, el lanzador estrella, para una acostumbrada advertencia. Con el guante frente a su rostro para que no leyeran sus labios, Greg y el dirigente hablaron sin la más mínima muestra de nerviosismo; quizás ahí se declamaban los mejores versos del mundo. Greg sabía que no lo retirarían del montículo; todo lo contrario, le sugerirían lo que él ya sabía: recta, bola mala que desespere, curva y Kigali estaría fuera. Y no los culpo. Durante la temporada de 1995, Reba Kigali fue el mejor bateador del equipo, pero llevaba una racha tan infame este año que los rumores advertían que no iban a renovar su contrato en ningún equipo, ni siquiera en los Cachorros de Chicago, el peor equipo de las Grandes Ligas —aún peor que los Piratas de Pittsburgh en sus malos tiempos—. Dadas sus constantes depresiones, a Reba lo iban a enviar a jugar Doble A, que era el cementerio de los peloteros y la puerta trasera del paraíso de los que aún creían en sueños e ilusiones.

Pero al principio de la temporada de 1995 era obvio por qué había sido contratado: Reba era todo un guardabosque y en muy poco tiempo había entrado al equipo regular con un promedio de .375 en bateo. Solo una cosa nos llamó la atención a todos, aparte de haber despertado el viejo racismo que queda aún entre los propios negros: Reba siempre lloraba cuando bateaba un cuadrangular. Lloraba como solo lo saben hacer los valientes que saben llorar. Ignoro si este acto era involuntario, o era una forma de Kigali para que olvidáramos aquella historia atroz que siempre contaban sobre él. Lo único que sí podía decir es que aquel acto parecía una especie de unción, un estilo del dolor, incluso una artimaña de su notable y novata inexistencia.

Reba había llegado a las Grandes Ligas bajo las comparaciones gloriosas con Joshua Gibson, el «Black Babe Ruth» de las Ligas Negras en los años cuarenta. Solo que ahora a Reba lo perseguía la sombra sicótica de Joshua, asediada casi por los mismos ataques de ira o de locura, como el que le sucedió a Gibson cuando jugó en el béisbol invernal de Puerto Rico en 1945: fue arrestado por caminar desnudo y borracho por las calles del Viejo San Juan buscando el aeropuerto. Reba también había perdido el vuelo y, al parecer, para siempre. La última vez que alguien se dignó a realizar el cálculo de la maltrecha carrera de Reba Kigali, iba por .190 solo en bateo; ni hablar de lo torpe que estaba en el jardín central. Ningún niño lo esperaba en los pasillos para firmar cartas, bolas, guantes o los pechos de las madres solteras que los acompañan, una de las mejores cosas que tiene este trabajo. Y todavía creo recordar la ocasión en que Kigali le pidió a un fotógrafo que le devolviera los rollos donde salía llorando por el último cuadrangular, uno de los más débiles y engañosos de su carrera. ¿Cómo alguien podía de pronto perder el genio de esa manera? Las teorías eran vastas. Incluso, las frases inteligentes: el genio no es más que el residuo de la suerte.

Entonces lo supe o, más bien, lo intuí: Kigali no solo quería abandonar su carrera, sino que quería abandonarse a sí mismo por medio del béisbol. ¿Era más justo para el crimen que supuestamente había cometido? Las pocas veces que lo escuché hablar disertaba sobre jugadores que habían cometido graves errores en juegos cruciales: me habló de todas las veces que Ted Williams se ponchó en varias entradas en las que pudo haber salvado un juego. Los nervios lo traicionaban, me dijo. Parecía que se justificaba, pero era más que eso. Lo extraño de todo esto era que Reba narraba aquellas jugadas como si hubiese sido testigo ocular. Pero era imposible: aquellas jugadas se llevaron a cabo en momentos en los que apenas éramos espermatozoides en pleno maratón. De todas sus jugadas malditas favoritas la más que le gustaba era la que protagonizaron dos astros: Mickey Mantle y DiMaggio, que lucieron como dos estrellas que solo saben chocar en un cielo oscuro y bien iluminado. Era la primera temporada de novato de Mickey Mantle, en 1951. A la altura de la quinta entrada del segundo juego de la Serie Mundial, Mickey salió del jardín derecho a capturar un bombo que bateó Willie Mays. Pero el gran

Joe DiMaggio, que estaba en el jardín central, también salió a atraparlo. Era un duelo, una carrera por las carreras: Mantle y DiMaggio, como un Aquiles y un Héctor corriendo detrás de un *out* seguro que no cambiaría la suerte del juego y mucho menos de la serie. Ni Mantle ni DiMaggio pidieron la bola, como es debido. A poca altura ya, Mickey pidió la bola y, antes de chocar con DiMaggio, que no le había perdido la mirada, Mantle se detuvo y los ligamentos de su rodilla derecha se quebraron. Mickey quería lucirse como novato y parte de su inmortalidad se debe a ese error, a esa novatada, al ego desolador ante un gigante como DiMaggio. Los gritos de dolor y la rodillera de por vida hicieron que Mantle tuviera los mejores años de su vida: una agria victoria de dolor y gloria. Si hacía algo mal, era culpa de las malditas rodillas, y, si lo hacía bien, era de admirar que alguien con los ligamentos quebrados jugara tan bien. A veces hay que detenerse para buscar la lesión de la que nos agarraremos para cuando todo salga mal. Hay que encontrar la lesión, la cicatriz, el fracaso que nos salvará, la muerte en vida que nos salvará de una mísera vida.

Cuando el dirigente de los Bravos se marchó del montículo y vimos que, efectivamente, Maddux se quedaría como lanzador, supimos que estábamos perdidos. Recuerdo que miré al primera base y él me comentó que no me alejara mucho, pues las bases estaban llenas y pronto tendría que regresar ante la humillante derrota; Kigali era un *out* seguro, juró. Quise decir lo contrario, lo que siempre digo, pero preferí abandonarlo en el silencio ruidoso de la conciencia. De todos los deportes, el béisbol es el que acepta más fracasos que cualquier otro: a todos nos han ponchado o nos han dado un pelotazo que nos ha enviado a primera, o a ninguna base; todos hemos coqueteado con una curva que esquiva el bate y hemos visto pasar la mejor bola, la mejor oportunidad, que casi siempre resulta ser un lanzamiento pegado al *home*, de esos que engañan solo hasta el último suspiro. Fue quizás por esa pulsión de fracaso que de pequeño me enamoré del béisbol, y fue donde más padres imaginarios logré conseguir. Con el tiempo uno se da cuenta de que el béisbol solo se puede jugar si solo se sabe acariciar la cólera, si consigues estar a la altura de la propia inexistencia. Y, lo mejor, es el único deporte que admite que uno pueda acariciarse los huevos frente a miles de personas con el mismo talento que se acomoda una gorra, se injuria a Dios o a Homero.

Salí de mi letargo para escuchar el silencio ineficaz que preludió los movimientos del lanzador: recta por el centro del plato, *swing*, el viento tibio de la nada y mi vuelta a primera base. Maldije al africano —ruandés, como me aclaró una vez desde su altura; medía seis pies y seis pulgadas—. Reba era ancho de espaldas, parecía haber sido boxeador antes que pelotero y en sus músculos definidos había una música que era la música del hambre y la miseria, una de las mejores formas de adquirir definición muscular. *El primera base me dijo lo que entonces ya sabía sobre Reba, pero que yo no había confirmado y no sé si alguna vez lo llegaré hacer: en Ruanda el padre de Reba fue un famoso locutor y dueño de una estación de radio que no solo pasaba juegos de béisbol antiguos, sino que fue un activista de la tribu de los hutus, y que no perdía tiempo en injuriar a sus enemigos, la tribu de los tutsis, una de las tribus que por años, gracias a los belgas, habían esclavizado a los hutus. Y, cuando llegó la venganza final de los hutus, después de varias revoluciones perdidas, a Reba no le quedó otra que unirse al Interahamwe, que no significa otra cosa, como leí hace poco, que "golpeemos juntos". Míralo —insistía el recién instruido primera base—, no es difícil imaginarlo con un machete en mano ahora que mira el bate. Ochocientos mil muertos en cien días; los hutus fueron más efectivos que los bastardos nazis y los payasos comunistas, ¿no crees? Un genocidio ejemplar... Acéptalo de una vez y por todas —me dijo el primera base— y no lo mires con pena porque sea de tu equipo: ¡ese maldito africano es un genocida! Y no me vengas con eso de que no existen pruebas.*

Miré a Reba pararse firme, a centímetros del home, donde nunca más se pararía y me alejé un poco de primera base. Kigali dio en sus zapatillas con el bate para liberar la tierra atrapada, escupió al suelo (nunca he entendido por qué escupimos, pero lo hacemos mejor que nadie). Yo también escupí, como quien copia sin querer el bostezo original de muchos, o de ninguno. Reba miró su bate con la confianza de un samurái que mira la perfección de su espada. El lanzador dudó en escupir la bola, dada la prohibición que pesaba desde los setenta; prefirió entonces llenarse las manos de saliva, que era casi lo mismo. (Escupir la bola es como la vaselina en el rostro de los boxeadores). Arregló su gorra, leyó los dedos del receptor, asintió como un adolescente novato en un prostíbulo, flexionó rodillas, miró a primera base y lanzó una curva que terminó en la trocha, bajo un ruido seco. Segundo *strike*. Volví a maldecirlo.

Un cazatalentos que lo había observado años antes aprovechó el conflicto de Ruanda para sacarlo de su país al menor precio. ¿Sabía el cazatalentos que ese maldito africano llegó a matar incluso a niños?, dijo el primera base. Dicen que cuando los soldados hutus llegaron a la escuela donde Reba trabajaba le pidieron a él, que era un hutu de primera categoría, que les dijera quiénes en aquella escuela eran de la tribu de los tutsis. Reba no supo decir, así que le pusieron un machete en la mano y lo obligaron a escoger entre sus alumnos a los que él creía que eran de los tutsis. Escuché al primera base y me fui alejando hasta que la mirada del lanzador me advirtió un posible lanzamiento a primera base. Greg Maddux hizo otro lanzamiento y, por error, Reba rozó la bola. Digo por error, porque ni se dispuso a correr, ni siquiera en mirar dónde había caído la bola. El árbitro sacó una bola de sus bolsillos imposibles y se la dio al receptor.

Volví a primera base. Intenté buscar un poco de calma. Pensé en mi madre, que era una fanática sentimental del béisbol, y quien tuvo un amante que me enseñó a amar este juego cuando yo aún era un niño que sabía ganar todas las guerras imposibles y los más grandiosos campeonatos invisibles. Recordé los esfuerzos de mi madre para que me enamorara de la lectura, pues era profesora de

Humanidades en varias universidades de mi país. Yo debía tener siete u ocho años cuando la supe cansada de buscar héroes y yo descubrí una carta de béisbol vieja, atestada de besos con carmín de hacía siglos. Fue entonces cuando usó el béisbol para iniciarme en la lectura. Durante mucho tiempo no dejó de hablarme de Homero y los deportes de aqueos y troyanos. Mi madre tenía una teoría: en el béisbol errar a veces dignifica, como en la literatura griega. Mucho tiempo después, antes de que muriera, yo rogaba perder un juego y hasta llegué a cometer varios errores tan solo para recibir la puntual llamada de mi madre; yo tomaba el auricular y, después de un cariñoso saludo y un tierno silencio, mi madre me leía pasajes de la *Ilíada* en los que dioses miran a los mortales con comprensión y desdén, pues nadie mejor que ellos saben que la guerra es un juego que sirve para poner en práctica los mejores errores. Muchas veces me habló de la cólera de Aquiles, la *hybris* —como decía mi madre con su tono de intelectual— como si fuera su mejor error y su mejor estilo de inmortalidad. En el béisbol era igual; errar es de héroes, decía, todo depende del estilo: poncharse, no poder atrapar una bola, incluso barrerse por la grama sin los resultados esperados, son tan parecidos al momento en que Zeus se convierte en lluvia o en cisne para amar a sus amantes y despertar la cólera de otro dios. Pero, al parecer, Reba no tenía ninguna intención de redimir sus errores gloriosos. Ahora solo nos quedaba la suerte. Pero no cualquier suerte, sino de ese tipo de suerte que queda después de la inteligencia. Mejor. Solo nos quedaba la misma fe que uno le tiene al viento, al calor, al frío o a la levedad cuando no se tienen.

El próximo lanzamiento de Maddux debía ser una bola mala: era la mejor estrategia para ponchar a alguien con dos *strikes*. Una bola mala que aparenta ser buena desespera al bateador y las posibilidades de que dé un *foul*, un bombito o se ponche, son lo suficientemente altas como para impacientar incluso a Aquiles, encolerizado. *Yo también había escuchado aquella historia que me hizo el primera base, pero algo distinta. Kigali no pudo escoger a ninguno de sus alumnos, sino que los escogió a todos y les pidió a los soldados hutus que, en honor a su padre, les dejaran jugar a sus alumnos el último juego de sus vidas. El último. Kigali los reunió a todos en el patio y casi los obligó a que se pusieran en base. A los más pequeños los puso en los jardines: el central, el derecho y el izquierdo, y les dijo algo en el oído. Pusieron las bases, pedazos de cinc pintados de blanco que amenazaban con infectar de tétano al primero que se barriera; buscaron el único bate que tenían, y no miraron el barro seco del campo para poder imaginar el verde imposible de los verdaderos campos de béisbol. Esta vez sería un juego de todos sus alumnos contra él. Los soldados se sentaron en el camión donde vinieron y fumaron cigarrillos sin pasión. Reba señaló con el bate el bosque que comenzaba al final del campo, como si fuera Kevin Costner en Field of Dreams, señalando el maizal, el paraíso de los peloteros desdichados. El primera base insistía en que esa versión era falsa, que eso de que Kigali colocó a sus alumnos en el campo, para que en el primer batazo salieran a correr y se escondieran en el bosque, era una mentira atroz. Ese próximo out que ves allí —me dijo el primera base— es de un asesino que con alevosía los puso en el campo para poder ver su venganza hecha juego: al primer cuadrangular comenzarían los aplausos de machetes y balas.*

Kigali vio la bola venir, algo baja y afuera, perfecta para un cuadrangular, pero no le tiró; la moda caribeña de batearles a las bolas malas para lograr cuadrangulares no había calado en él. Estoy seguro de que, antes de que el árbitro cantara que la bola estaba fuera del plato, Kigali deseó que fuera el *strike* que necesitaba para abandonar su carrera. Pero no fue así. Con lo que entonces no contábamos era que Kigali pegara un batazo en el próximo lanzamiento directo por el jardín central hasta que salió del parque. El ruido seco del bate aún retumba en mis recuerdos, un ruido muy cercano al chocar de jarras atestadas de cervezas que nunca bebí con Reba en las acostumbradas visitas a los bares para buscar mujeres. Decir júbilo era un sacrilegio para la feliz orgía que nos acompañaba esa noche, en la que aún no sabía que estuvimos a punto de perder el campeonato por un cuadrangular infausto. Enajenado de ese futuro, yo solo pensaba en mi llegada al *home*, en las fotos que saldrían en el *Sports Illustrated,* y en las nalgadas gloriosas de la victoria junto a la morosidad de los sueños que han sido soñados por otros.

Pero, cuando llegué al *home*, me di cuenta de que Kigali aún daba la curva de segunda con lentitud, y ya sin fuerzas, como si jugáramos un partido en la luna, forzados a la lentitud por la poca gravedad. ¿Lo embargaba la emoción? ¿Tenía un ataque al corazón, caería desmayado como Joshua Gibson en medio de un juego, acosado por un tumor cerebral del que no tenía noticias? *¿Habría bateado un cuadrangular en aquel juego frente a los soldados hutus?* De seguro cualquier cosa menos la que entonces sucedió. Fui corriendo hasta tercera para animarlo. Pero ya se había sentado como un niño ante el castigo severo de un padre, con su cabeza entre las rodillas y ladeando de lado a lado la cabeza. ¿Había apostado en contra de su equipo? Cuando me acerqué a él no supe qué pensar y, detrás de mi risa, lo miré con lástima. No había ningún dios acompañando su desconsuelo, así que no rezaba. Simplemente se había sentado a llorar como nunca he visto llorar a un hombre; a centímetros de tercera base y lejos del *home*. *Fue lo único que pude hacer, les dije que corrieran lo más que pudieran, les grité que corrieran, que se internaran en el bosque.* El árbitro dijo que si Reba no tocaba el *home* el juego se quedaba empate y había que irse a entradas extras. Kigali negaba con la cabeza la petición de quienes lo llamaban, incluyéndome. No quería moverse. ¿Cuándo se ha visto que un pelotero no quiera correr las bases de su propio cuadrangular? Nadie goza de ese tipo de libertad en el mundo. Sabía que si tocaba a Reba el árbitro cantaría *out* por interferencia y, de seguro, se acabaría todo. Pero cuando volví a gritarle Reba se levantó y me tiró un derechazo que me partió el labio. *Yo no soy* un *hutu, tampoco un tutsi amigo, solo quiero ganar un campeonato.* Todos se quedaron mudos, incluso los árbitros. Kigali amenazó a todo el que se le acercara. Lloraba a lágrima viva y maldecía, injuriaba, bajaba los santos que aún no existían. Mientras me reponía de aquel derechazo, le escuché decir aquella frase tan extraña que leí en un cuento, cuando aún era un chico de secundaria, y del que no comprendí absolutamente nada: —Preferirá no hacerlo. ¿Podía alguien negarse a no correr hasta el *home* después de pegar un cuadrangular como aquél? *¿Podía negarse Kigali a escoger? ¿Era mejor morir? ¿Era peor ser testigo para que nadie olvidara lo que pasó? Recordé aquel artículo que leí sobre un maestro de escuela en Kigali que sobrevivió a una matanza, y, cuando terminó el conflicto, recogió los cadáveres que encontró en su camino y los reunió a todos en su salón, para que a nadie se le ocurriera decir que aquel genocidio nunca ocurrió. Había que entrar con mascarillas por el hedor y, si era posible, decía el periodista, traer un puñado de cal en las manos para ayudar a la descomposición, como si los espectadores del museo improvisado fueran de esos deportistas, como los lanzadores, los gimnastas, los levantadores de pesas y los grandes bateadores, que necesitan llenar sus manos de talco para un mejor rendimiento frente a la gravedad, la fuerza y el viento.* El árbitro y el dirigente se apostaron a su lado y Kigali les tiró tierra en los ojos, y luego arrojó el casco. Del béisbol habíamos pasado al boxeo, del boxeo a la lucha libre y de la lucha libre ¿a la literatura? Aquello no podía ser otra cosa que la literatura pura en acción, como decía mi madre, quien siempre se empeñó en que al menos yo entendiera esos momentos en los que la razón y la lógica perdían todo uso y las metáforas entraban en juego; ese momento de la vida en que la tragedia y la comedia se unen para explicar la inutilidad. Pensé que si le quitaba una de las zapatillas a Reba y la llevaba hasta el *home* la carrera entraría, y entonces ganaríamos el campeonato, sin problemas. Pero el árbitro, sin ninguna razón, rechazó mi descabellada idea. ¿Quién podría quitarle una zapatilla a aquel gigante medio metro más alto que yo?

170

Fue entonces que, a pesar de los gritos de los árbitros, cargamos a Kigali hasta el *home* en contra de su voluntad. Casi todo el equipo lo alzó entre sus hombros y corrimos con él, como un herido de guerra a punto de ser destrozado por nuestro propio napalm. Luego, lo dejamos caer sobre el *home*. De toda la historia del béisbol nunca he conocido persona que tuviera el privilegio o la infamia de pisar el *home* en contra de su voluntad. Tan pronto lo paramos en el *home* comenzó a injuriar con convicción y a lanzar golpes con todo su cuerpo, y luego comenzó a gritar nombres, *los nombres de sus alumnos,* para que corrieran. *Fueron catorce o quince nombres y Reba nunca supo cuántos lo lograron. ¿Valía la pena saberlo ahora? ¿Cuántos hombres perversos no han cometido actos de justicia? ¿Cuántos hombres de justicia no han cometido actos perversos?* Un enfermero se acercó para calmarlo y hubo que incluso darle una buena dosis de demerol para poder sacarlo del estadio en camilla. Antes de que los paramédicos se lo llevaran, Reba me miró y me pidió perdón. Imaginé que era porque me había partido el labio, pero comprendí que su perdón iba más allá de aquel simple altercado. *¿Era El Perdón lo que buscaba Kigali? Sí, pero era el perdón del que no pudo hacer más; un perdón sin comprensión, sin detalles ni recriminaciones, un perdón que está cerca del olvido, como ese lanzamiento que estamos dispuestos a dejar pasar por miedo al éxito o al fracaso. ¿Era mejor morir y no ser testigo, o sobrevivir para contar, para salvar lo que entonces se creía salvable?* Recordé lo que Reba me había contado de Mantle y DiMaggio corriendo detrás de una bola. La lesión que necesitaba Mantle para su carrera, la lesión que le daría su inmortalidad. *¿Habría alcanzado Reba la lesión de la que nos agarraremos para cuando todo salga mal? ¿Existía tal cosa?* No dije nada; solo estuve allí mirándolo, hasta que se lo llevaron, antes de que el ruido de la celebración invadiera aquel amistoso silencio. Le sonreí sin compasión. Las gradas comenzaron a aplaudir aun bajo la desconfianza de que Kigali pudiera ser un traidor que apostó en contra de su equipo, y demás elucubraciones sin sentido. De confianza o no, los aplausos de las gradas se escucharon y Kigali, desde la camilla, alzó la mano diciendo adiós; le dijo adiós a su carrera *y a sus alumnos que pudo o no salvar* con apenas una carrera maltrecha, y un cuadrangular infame, que casi nos hace perder el campeonato.

ERNESTO QUIÑÓNEZ

Nació en Ecuador en 1966, de madre puertorriqueña. Se crió en East Harlem, Nueva York. Graduado en Inglés por la City University of New York. Ha sido maestro de escuela secundaria y actualmente enseña en el programa de Escritura Creativa de Cornell University. Autor de dos novelas, *Bodega Dreams* (2000) y *Chango's Fire* (2004), ambas han recibido excelentes críticas del *New York Times*, el *Washington Post y Los Angeles Times*. Ha escrito ocasionalmente para *Newsweek, Esquire, The New York Times Magazine, El País, The Kenyon Review, Centro for Puerto Rican Studies Journal* y *Hostos Review*.

THE FIRST BOOK OF THE SINNER

What I really hated about the sucker was that he'd come teach here on his own fucking free will. I couldn't stand his face, his farce, the fucking way that he conned everybody into thinking he was a real reverend. At first I attended his classes because that place ain't like HBO. There's no editing, no cutting to the violent parts. It's slow in here. Time crawls like a crippled snail. I've witnessed what boredom does to men. It reminds me a bit of the Caribbean Sea, the one that I remember as a boy back in my Island. How it's calm and smooth for weeks, months even, but soon all that calmness boils over into a hell of a shit storm hurricane. And when that happens, all you can do is cover up and ride it out.

I have been in and out of places like these since I was sixteen. Time had something to do with how I got in here. I wanted everything now, money now, women now, more money now. No patience whatsoever. I wanted to be the master of time and now time is a dragon I have to slay every day. I also know that the older you grow, that's when time starts to fly by you. Ten years become two hours in here. Twenty years, five seconds. Until you are so old that you give up on that dream where you yell at your cell bars, "I want to fall in love just one more time before I die."

No matter, I was not going to be one of those that chalks up another notch on the wall. Another day murdered like a cigarette. Nor was I one of those who tattoos his body or clips his face to show everyone that at least my body is still mine. That was bullshit. I was willing to ride out my time and vowed to myself that if and when I got out, I was going to find something... something. I didn't know what that was yet, but I did know that it'd sing to me when I'd crash into it.

I was searching for something in me that could show me the way. To where? I didn't know. I just wanted to be in motion, a snails' pace was fine, so long as I was moving. See, I didn't want to be like those who are obsessed with getting even with the world. As if the world put them inside and many of them speak as if they've become wise potato chip owls. Yet, if by some reason they are let out, these Socrates always find their way back in here. I was no different and what worried me was a certain depression hitting me inside. It's a depression composed out of an everyday boredom and routines. Out of the filthy bathrooms and sweaty air filled with tuberculosis. Out of hearing numbers and not names. Out of the racket of a hundred singles cells closing. Out of the stink of a cafeteria smelling like urinals and bland food that don't smell of anything. All these things are telling you, you are being cut off from the rest of the world. In and out of these places, I've been dodging that depression's fangs ever since. Trying to save something of me. Trying to slay time. I was not going to let that happen to me. So I told myself, I'll attend the sucker's classes and try to learn new things, maybe that might help to keep the depression's teeth at bay.

Truth be told the sucker's classes weren't all that bad, though. I did like to read the quotes he had scotch taped to the classroom that on weekends became the sewing room. I learned more from those quotes than from the many Mensa members that thought themselves so intelligent, yet were as locked up as I was. My favorite quote read, *"We are the people our parents warned us about."* All the time I thought it was about us, here, in this place, but the sucker told me it was a quote from some radical group in the sixties. Rich kids who went around placing bombs in buildings. Then he went on a lecture about relativity in the context of what makes a criminal. I liked those words. Context. Relativity. I like pronouncing them, hearing them, they made me feel intelligent. That's why his classes grew on me. I wanted to one day talk like that. I wanted his words. To sound like he did. I wanted to say when I was let out,

"Fear me for I have language and I'm not afraid to use it."

But the only language I have ever known is that of silence.

Silence protects you when you're inside. Silence, because no one inside respects physical strength. The ability to harm someone else is nothing. The less and less you say the more the men in there think you are smarter. Different or with nothing to take from you but your useless silence. The more they will leave you alone. Even the jacks place you on a mental, pay-him-no-regard list. Jacks hate arrogance, not silence, as long as when they do ask, you answer and I'd answer short and to the point, with no arrogance, no stuttering, no wincing, just stone face. The jacks are seriously crazy people, too, no different from us. They are born sadists and don't think they don't know about every single violent act that we have committed and is being committed everyday in this prison. They know all and because of what it was said I was convicted of, many jacks were waiting for me to become a predator and go after others. They were waiting for me to break, so as to put me in some cell with another wolf and then they can take bets on their "cock fight." They would prod me, "aren't you the father of that miracle baby? Nah, can't be. You're a fag." They would give me these looks, and say in front of me, "you Puerto Ricans can't do shit, you got into raping women through affirmative action." And they laugh, they laugh.

But I gave them nothing but silence.

I had perfected my silence during my times in and out of those places. But my silence had really started back when I was a kid, back in Spanish Harlem. I walked around and acted like I was fucking James Dean and people would stay out of my way. Brooding thugs were in vogue. I like that word *vogue*. The sucker used it once in class and I now use it. Anyway, I would have short answers for most questions people asked me. I'd say things like, "It's all right," "Pretty much," "At times," and then I'd walk away. I perfected this posture at the pool halls where at thirteen, my mother let me run like a wild and free fighting rooster. At thirteen I'd take a lit butt in my teeth, I'd then push two puffy clouds of white smoke out of my nostrils as I banked the eight ball in. I'd say nothing and take a drag. The game was over but I wouldn't call out who's next or anything. Just keep smoking. If the loser wanted to shake my hand that was all right, but I'd nod and not say good game back to him. If I happened to lose, then I just gave the winner a glance and nodded my head, dropped what was left of my cigarette and killed it like a roach on the floor. I was silent and graceful, too. I had perfected my silence, my stone face. It protected me in Spanish Harlem like it protects me here, in this place.

Problem was that back then, when all this was happening, I also wanted to find a new language. A new way of speaking. I had blundered time after time in the choices I had made. Starting from the day I stole that ball of string at the five and dime, for no reason. Starting way back there. When I get out this time, if I got out, I didn't want to go back to being that silent type that scares people and keeps to himself. I didn't want to go back to being the brooding thug. I needed a language that made me feel worthy of being human, and most of all I wanted a language that told the world I was now another person.

But back then, I was still inside and so I needed to be silent.

On everything, especially on what had happened on 100th Street, on what I had done or not done. I had to be silent.

But the sucker was so good at teaching that, in his classes, it killed me to stay quiet. The sucker taught everything: Western philosophy, esoteric religions, pragmatic existentialism, comparative economics, literature and here's a kicker-spelling. I loved all those big words, I'd say them to myself rolling off my mind like tongue twisters inside my brain. In class, I wanted to join in the discussions. I wanted to holler my opinions, just like the other Socrates in here. I wanted to put my worthless two cents in. I wanted to try out the new words that the sucker was teaching us.

I wanted to say something like:

"The most revolutionary thing to be these days is articulate."

But I fought it and instead, I enjoyed staring at the sucker when he thought no one was looking at him. He always had this look as if he was listening to distant sounds, or silent voices that speak in whispers of poetry. When he taught, he talked as if he knew your pain because he had acquired the same wounds.

I don't do justice to his lectures or his teaching but once, during a lecture in American history, which had started off on the topic of slavery, like many of his lectures it had taken a turn. He was now lecturing about the Louisiana Purchase of 1803. He brought out a map and, almost in tears, real tears, he pointed at all the land that Napoleon sold to Jefferson, "There, there," he said in quiet sobs, "There were hundreds of thousands of people living there. Sold!" He went on to explain how experiences in history, like the purchase, had changed him forever; though he wasn't even alive during the time they took place, they still changed him. How they had sickened his soul and overwhelmed him with empathy. Empathy? I learned that word from him. I like it, good word: empathy. I use it now. But only in my thoughts where I can run naked and unashamed and feel "empathy" for others and especially for myself. When you are inside, it's all the freedom you have and it all begins there, in your head. So, that same day the sucker said in class, "History is not a collection of facts, nor does it happen in a human laboratory like science. History starts when we begin to free ourselves from limitations and start to argue." I don't do justice to the way he said these things that left us all aghast. Mouths opened, heads slightly nodding in agreement. "That is why I have renounced all restraints on the human mind, the human spirit. I accept all beliefs. Yet question everything. Question everything history tells you. You must even question me!" Then, as if he had exhausted all his inner strength, he collapsed on his chair and whispered to us, "Read silently for ten minutes. Give me ten. Just ten minutes. Please, just ten minutes." And he cried.

In complete EMPATHY.

Beside the weeping, I wanted to talk like that.

When I got out, I wanted to talk like that.

I loved it. I loved his language. The way he found simplicity in complexity. That's not my phrase, it was his. I liked it, mine now. Even inside, there are intellectual inmates who talk like Harvard Law professors. They never attracted me. What I liked about the sucker was how he could pack so much punch and feeling in one simple line. It was like hearing an old grandmother who never went to school but whose wisdom is filled with volumes of books. A wisdom that says, "The only freedom in the world is when you are caught in mid air, between the ropes for only a fraction of a second during a double dutch spree."

And so, I listened to him. And he knew it. He knew I was listening to him and more. He knew I wanted to copy him. I was taken by him, yeah, I was. I saw in his words . . . salvation. I mean that.

I couldn't stop studying the sucker.

The jacks watching over us in class were taken by him, too. I'd see how they, like me, also wanted to take part in the discussions. How they switched their weight or took deep angry breaths

180

when they disagreed with something he had said or read. Yeah, no two ways about it, the jacks were taken by him, but strict policy forbade them from joining in any class activity. They were officers and that was their only job, to keep guard. Still, when the classes were over, they didn't usher us out like cattle, but instead they let him dismiss us. Like real students. Like a real class. And not only that, but the jacks even gave the sucker a few seconds after class so he could approach and talk to one or two of us. Complimenting us by saying things like, "That was a good question you asked on so and so." Or "I liked your essay." Or "I never thought of that, thank you for teaching me." And it was that line, "thank you for teaching me," that all of us who took his classes wanted to hear. It would make that guy feel like a million dollars, or as if he was free. I wanted him to tell me that line, but I was silent and unless I spoke in class I knew I'd never hear it.

Memory is a motherfucker, but if I do remember well, it was during one of these precious few seconds after class that the sucker walked over to me with this look simmering with evangelical fire. Like he had been suspicious of something in me, but now he was sure of it, that like the fucking guru that he was, the sucker read my fucking thoughts.

"The first thing if you want to learn a new language, Miguel," he said mildly, "is to stop cursing inside your mind."

I slightly smiled.

I smiled because he had me pegged. So all I could do was save some face and coolly nod. Then the sucker handed me a book. "I got it cleared for you." And for the first time I saw his hands up close. They were the hands off someone who has lived of someone else's labor. Hands that only old money rich people, or men who have a sugar mommy at home, have—soft, white, dove hands. They were the hands of pimps I've known who are so successful that they have other men beat their women. Those were the smoothest of hands and I knew he wasn't a real reverend.

181

Everyone knew that he only called himself that so the warden wouldn't give him any flak about his teachings and his constant visits. I knew his real name too, Richard Braverman. Jew most likely or Jew with maybe a mixture of several Anglo bloods, one thing though—the nigga had money. And seeing his hands in a place like this, I knew for sure he carried more baggage than an airport. I remember staying put and silently reading the book's cover. I had never heard of that author before. The sucker had never mentioned this author in any of his classes and he mentioned almost everybody, Rousseau, Kierkegaard, Fanon, Merton, Thoreau, Mao, Freud, Che, from one intellectual to a sociologist to an ecumenist to a writer—after a while all these philosophies just ran together and held hands. In my few words, in my mask of silence, all I said was, "Why?" He smiled and replied knowing the game well, with one word, "Redemption."

I wanted to take the book, I really did want to take it, but I didn't. I didn't take the book because, though I wanted his language, I wanted his language so bad, I also knew that that place is full of magicians, full of men like him. I played along because it was a better game than cards or handball. Because all I knew back then was that after seeing his hands, I knew that no matter what sense of unreality the sucker tried to install in me, what books he wanted me to read, what quotes he taped to the sewing room, in the end, he, and only he, got to go home. And it made me sick to my stomach to think that a free man, and a free man as intelligent and as holy as he was, would want to come to a place like this.

Who the hell wants to freely come to a place like this? A place where you are not allowed to change but only to submit?

CHARLIE VÁZQUEZ

Escritor y poeta autodidacta. Nacido y criado en El Bronx, Nueva York, se autocalifica como "verdadero Nuyorican". Sus ensayos y cuentos se han publicado en publicaciones como el iconoclasta *Queer and Catholic* (Taylor & Francis, 2007) y *Best Gay Love Stories: NYC* (Alyson, 2006). Es autor de las novelas *Buzz and Israel* (Fireking, 2005) y *Contraband* (Rebel Satori, 2010). Es el organizador de HISPANIC PANIC!, una serie de lecturas de ficción y poesía original que presenta lo más actual y representativo de los escritores latinos neoyorquinos. Vive actualmente en Brooklyn, Nueva York.

THE MYSTERY IN THE PAINTING

I had dismissed it as something not of this world, something from in-between worlds—a hallucination or an unfamiliar aspect of my imagination gone crazy. I did not sleep that night, yet found myself driving first thing the next morning with hot coffee souring in my belly—with thoughts of the impossible blaring loudly in my head.

I drove up and down the same mountain road where the mania had unfolded and nothing of the unusual was there to taunt me—it was sunny and bright; what I looked for was of the night. My hands shook on the wheel and my eyes were sore from searching for that which was not there—anymore.

I drove out of cloudy Mayagüez and encountered pleasant weather upon departing. The traffic was brisk and a radio station broadcasting sunny island music put me in jollier spirits; rolling drums, scraping percussion, flashy brass—anything to tear my mind away from that enigma that stole my sleep. I slipped into the spell of tropical seduction.

My distraction leapt from fantasy to danger; my flight of fancy was not suitable for the attention I needed to pay to the road before me—as was expressed by a young man who passed me with a tattooed arm, cursing me in the air. His lips were loose and wet with anger. Watch where you're driving, *pendejo*!

It was not long before I found myself in Boquerón, of which I had read many curious things, a magical place by the sea. I had learned of its vanished pirates and docile manatees and colorful seafood and fruit markets—its friendly locals and laid-back charms and beach culture.

There was also a private art gallery there I'd been advised to visit. Making my way past many small and crowded old world streets, I found the entrance to a long and curving driveway lined with outdoor sculpture and snaked my way onto the sprawling, palm tree-dotted estate, on which the gallery was located.

A flock of small brown birds, doves perhaps, flew away in several different directions as I rolled toward them to park my car in an empty lot. I went to the gallery entrance and was surprised to discover it was closed; the door was locked. There was no sign, no note, *ni un horario*.

"Don Jaime is having his siesta," I heard a woman's voice announce behind me.

I turned to see no one there.

Looking again, I caught sight of a thin boy, perhaps ten or eleven years old, realizing I'd mistaken his voice for a woman's. He'd been hiding behind a tree.

"Siesta in Puerto Rico?" I asked him.

"Don Jaime also lives in Spain, you know," the boy informed me.

He kept his distance and bounced a basketball on the grass; it made a thudding sound and popped up a fraction of the distance it had fallen.

"I guess I'll have to come back," I said, thanking him and making my way to my car.

After having paella for lunch, I went back to the gallery and noticed that the front door was open. I poked my head in. No one was there. I then heard the booming voice of a man talking on the phone in an adjacent room. *Carajo* this, *puñeta* that.

Making my way through a long and rectangular indoor sculpture gallery, I followed the sound of his voice, as if trekking the scent of Caribbean spices on a trade wind. The gallery was alive with brushed metal skeletons, long, wooden African faces, and curvy sunbursts of orange, yellow, and crimson joy.

I was sweating through my bone-white, short-sleeved shirt; my skin and hair were showing through the opaque fabric. I was aghast by my savage appearance; I hadn't realized how hot and humid it was and was in no condition to be seen in public.

While checking the condition of my shoes, I heard his voice approaching, saying, "*Buenas, señor.*"

"*Sí, señor, buenos días,*" I said, not thinking, reacting.

"Don Jaime," he said squeezing my hand—instant firebrand bravado.

"Luis Serra," I answered, shaking twice and letting go, noticing his many gold chains.

The old man's skin was red; his hair as orange as rust—*un gallego.* "Can I help you with anything—*una botella de agua, café?*" he asked me.

"I'm looking for a painting or something colorful to hang in my living room."

"Where do you live?"

"Well, right now I live…"

"We are where we are and don't really live anywhere, right?" he said sarcastically.

"I suppose," I answered. "Water would be nice, thank you."

He waddled to a small refrigerator next to his desk and procured from it a plastic water bottle, while I wiped sheets of sweat off my forehead.

I drank the cold water in one long swallow and sighed relief, as he studied me with an awkward fascination, as if humored by my discomfort. Taking the empty bottle from me, he led me into the main gallery and put his arm out proudly.

"The best art on the whole island," he boasted, with the crack of a grin splitting his lips. "That is, until the art museums begin selling their collections—which will never happen. I even have Goya prints. *Goya*," he repeated emphatically, breaking into a brief song and dance.

Three walls of the large square room were crammed with canvases, framed prints, and triptychs. The track lighting and spotlights on the high ceiling were turned off; the room was dark for viewing art.

The strong tropical sun was kept at bay by thick curtains that blocked eight floor-to-ceiling windows. Don Jaime parted a set and tied them, allowing the sun's life-giving rays to rush in and illuminate the tiled floor, igniting his spotless yellow *guayabera*. He flipped a switch on the wall that triggered a loud and droning sound.

"What's that?" I asked.

"Air conditioning," he said, mocking me. "This room gets very hot."

Despite the window he had exposed, the walls were still shrouded in twilight—the floor had swallowed most of the light spilling in.

"Take your time," he assured me, sitting down to his newspaper.

I reviewed the canvases as best as the channeled light would afford me. Images of resting sugarcane farmers aroused in me profound nostalgias for people I never knew, but who had once been just as alive as I was at that moment, as had been the artist who'd immortalized them.

Some of them lived immortally in my blood, perhaps.

Dark women in flowery dresses, with hair piled high in the fashion of days gone forever, made me think of people I had never known, but who were alive to my eyes—frozen in oil and acrylic and watercolors. Canvases of tree-lined beaches, flowerpot still life sketches, and portraits of parrots, dogs, and horses made me think of my childhood.

The air conditioning continued its jet engine roar, but I could not feel its cooling effects. I also couldn't see, so I resorted to squinting at the artwork before me, fanning my chest with my shirt. I turned to don Jaime and asked, "Can you turn the lights on? I can't…"

Before I finished asking, he was tying curtains to a second window frame. A fresh wave of sunlight washed over me, soaking heat into my skin, burning my eyes—pure radiation.

"Is that better?" he asked. "We try not to waste electricity in the summer."

The infernal heat was maddening, yet the sunlight helped bring the art to life. I moved to the second of the three walls and found there depictions of famous island landmarks—fortresses and mountain peaks and mysterious caves, old residences of colorful and colonial design. They were not what I had in mind.

Passing the wall that was broken up by the battery of windows, I dashed past the two bays of incoming sunlight and heat and made my way to the third wall of art, where I noticed I was sweating even more than before and could feel the moisture of perspiration in my socks.

Don Jaime suggested, "That wall is the hardest to see at this hour of the day." He got up and unleashed a third set of curtains, causing the temperature to rise by several degrees. He went on to the fourth and undid the rest of them—all eight of them—a high tide of nausea.

The room became as bright as fire and as hot.

I moved on, ignoring the heat as best I could; I was intent on buying something.

And then it happened.

I froze before a canvas; it was her.

Don Jaime appeared next to me in an instant; not a drop of sweat escaping his pores. "Is that enough light for you, señor Serra?"

"It is," was all I could say, my eyes fixed on her savage image.

"I see this most unusual painting has caught your eye," he mentioned in a cool island manner.

"When was this painted? It's not signed or dated," I said, taking notice of its strange anonymity and affordable price.

"That shouldn't matter, but what about it intrigues you?"

"I…"

"You saw her, didn't you?" he pushed on.

"May I have more water, please?"

Having anticipated my request, he held a bottle up; it was cold and perspired icy relief in my grip. "Do you want to ask me something?" he proposed calmly.

"Who is she?"

"Have you seen her?"

"Yes, but how did you know?"

Leading me to his desk with his hands on my shoulders, he suggested, "Why don't you sit and tell me what has caused you to lose your color?"

I sat down, explaining, "I was driving home last night and saw a woman—*that* woman—in the same white dress, running in front of my car."

"You're driving a white car."

"Well, yes. But how did you… you must've seen me park it."

"I haven't looked out that way since we met. And your dark hair leads me to believe you're telling the truth."

"I don't understand," I added, frustrated and confused.

Taking a deep breath, as if recounting a tale he had divulged too many times, he explained, "Her name was María Dolores. She married a man whose name was Ramón. On the day they were married in 1945 he told her he'd been having an affair with her best friend. She admitted a similar confession and they promised each other that they would only love each other from then on. María Dolores handled the situation better than he did and when his temper finally got the best of him, he got in his car and drove off to find his friends, to drink his anger away. María Dolores chased him onto the road. It was late at night. After he fled down the mountain and around a curve to Mayagüez, she was struck by another vehicle and was killed instantly. In fact, the impact sent her flying down the side of the mountain. Now, what was it that you saw?"

Don Jaime's account filled many of the holes of my harried experience—it helped to put so much into focus.

I told him, "I had spent the day in the Maricao Forest and was returning on Route 105 when I turned a sharp curve and saw a woman in a white dress running across the road in front of me. I slammed on my breaks and, when I did, she turned to look at me and vanished—just like that," I explained, snapping my fingers.

"You're leaving something important out," don Jaime added, lighting a cigar and laughing to himself. "What did she look like?"

The most haunting detail of the encounter was then resurrected from the vault of my most dreaded memories. I told him, "At first my eyes were drawn to the brightness of her stained white dress in my headlights."

"Her wedding dress," he added.

"And when she turned, before she disappeared, I saw that her face had very little flesh or skin on it, as did her arms and legs—she was mostly bones. Then she was gone."

As I finished describing my encounter, I heard a commotion in the next room. A young family walked into the gallery and greeted us in Spanish.

Sensing that don Jaime would court them for business, I

offered, pulling out my wallet, "I'll take it, if it's still three-hundred dollars."

"It is," he said, taking it off the wall. "I'll be right with you," he mentioned to the family.

The tanned husband and wife nodded, as if to say *we'll call you when we need you*. I moved aside to allow them to view the art, while their two toddlers sat on the floor with toy cars, making revving and crashing sounds.

The young parents moved in tandem, agreeing and disagreeing, nodding like two birds in unison. They stopped before a colorful architecture painting and embraced, discussing where it would eventually hang.

Don Jaime wrapped my purchase in brown paper and slid my credit card through a small terminal, adding quietly, "There's more to the story."

"Oh?"

Making sure that only I heard him, he whispered, "It took three men to remove her mangled remains from the rocky jungle. Ramón was so hurt when he learned the news that he killed himself that very night, by drinking a bottle of rum and driving off the cliff, right where she was struck. That's why she runs in front of white cars driven by men with black hair. She's trying to stop him."

Torn between amusement and fright, I asked, "And what are the chances that I would see her in a painting in another town?"

Smirking, my host informed me, "You will see her painted elsewhere, but not as rare as what you just bought."

"I guess that's something I will figure out with time," I mentioned, exhausted by the humidity and heat, wanting to collapse.

Handing me my receipts, he added, "The man who painted this was the man who accidentally killed her. Have a nice day, señor Serra."

Damarys Reyes Vicente

Nació el 23 de julio de 1976, en Cayey, Puerto Rico. Estudió Educación Secundaria, con concentración en Español. Publicó el libro de cuentos infantiles *Los cuentos de Syramar* (2005). Ganadora del certamen de cuento de *El Nuevo Día* (2007), con "Ayin", publicado en la antología *Convocados* (2010) y en la revista *Agentes Catalíticos* (2008). Prepara su tesis-novela para la maestría en Creación Literaria de la Universidad del Sagrado Corazón. Presta sus servicios como editora y correctora de libros escolares para Santillana, SM y Editorial Makarios. Ofrece talleres de redacción y redacción creativa para maestros y estudiantes.

AYIN[*1]

Comenzó por los senos, los quería redondos, abultados, erguidos. Buscó al mejor cirujano plástico y se los dejó moldear. Le colocaron una mascarilla con anestesia, inhaló y se sumió en la inconsciencia, mientras le abrían los pezones y le colocaban mullidas bolsas gelatinosas. Suturaron las heridas y vendaron la restauración. Despertó. Esperó varios días de dolor. Le quitaron los vendajes, se miró al espejo. Sonrió. Vio que era bueno.

Renovó su lencería, de colores variados, bordados con encajes y canutillos, telas de seda y con transparencias. Compró camisas y trajes escotados, faldas y pantalones que marcaban su figura entera, pero notó que el abdomen se veía flácido, lleno de una grasa indeseable, capaz de borrarle la cintura que había cuidado por años. Regresó al doctor. El procedimiento duró poco, un pequeño tubo bailoteó bajo su piel, succionándola. Cosieron los huecos. Esperó varios días hasta que bajó la hinchazón. Se miró al espejo. Sonrió. Vio que era bueno.

---

(1)   Letra del alfabeto hebreo que significa ojo, apariencia, extensión y brillo, pero también la nada.

Compró vestidos que le acentuaban la cintura, camisas cortas que mostraban su abdomen, el que ejercitó hasta marcarlo. Sin embargo, advirtió que sus caderas eran angostas, ahuecadas. Las quería anchas, simétricas a las curvas de su torso. Volvió al cirujano, que rellenó la pelvis con piel de sus glúteos y grasa de la que le habían quitado del abdomen. Permaneció varios días acostada, adolorida. Se levantó. Miró su cuerpo en el espejo. Sonrió. Vio que era bueno.

Compró pantalones a la cadera, cinturones anchos y sarones elegantes con los que adornaba los ajuares. Se percató entonces de que las nalgas habían perdido vigor. A pesar de los múltiples ejercicios que le causaban malestar, no lograba que se moldearan con redondez continua. Las quería más grandes, con una curvatura que comenzara desde la espalda baja. Regresó a la clínica para otro procedimiento. Permaneció varias semanas sin poder sentarse, mientras los implantes se ajustaban en sus nuevos glúteos. Pasó el dolor, se miró al espejo. Sonrió.

Disfrutó de sus curvas y se adornó el cuerpo con prendas clásicas y zapatos modernos de tacones altos. Se fijó que sus piernas eran cortas, que sus tobillos y pies eran flacos, huesudos, al igual que las manos. Se visualizó alta y sintió que necesitaba balancear las extremidades con la estatura que deseaba. Le construyeron huesos a la medida, le abrieron las piernas y los brazos y sustituyeron los antiguos. Añadieron piel sintética y rellenaron los pies y manos con grasa de sus muslos. Cerraron las heridas y las cubrieron con vendajes. Descansó hasta que se aplacó el dolor intenso, y los nuevos huesos, piel y grasa se adecuaron a su cuerpo espigado. Se miró al espejo. Sonrió.

Compró trajes y pantalones más largos, zapatos que descubrían sus pies y accesorios a tono con cada vestimenta: pulseras y collares llamativos, en piedras preciosas o bisutería. Se percató de que tenía poco cuello, que no podía lucir gargantillas. Habló con el doctor y prepararon el método, que no fue invasivo. Le pusieron collares ortopédicos que estiraron el hueso y la piel hasta alargar el cuello. El procedimiento duró varios meses. Su primer collar fue de chaquiras y mostacillas. Disfrutó verse al espejo. Vio que era bueno.

Sin embargo, observó que algunas líneas se acentuaban en la cara; le parecía que había perdido lozanía. El tabique de la nariz no lo veía equilibrado al tamaño de sus ojos, los que estaban arrugados, decaídos, con un tono grisáceo que los teñía levemente. Se dio cuenta, además, de que los labios eran muy finos, los quería carnosos, exuberantes, tan sobresalientes como visualizó los pómulos nuevos. Quiso, además, un mentón que definiera un rostro estilizado. Tomó varias horas esculpir la nariz y engrosar los labios; otras tantas, el resto de la cara. A través de la frente introdujeron una navaja pequeña con una cámara diminuta que permitía ver la piel aumentada a través de un monitor. Cortaron la epidermis y desgastaron el hueso donde ubicaron el implante de mejilla, similar lo hicieron en la mandíbula. Estiraron la piel hasta disipar las arrugas y lograr un cutis terso. Esperó unas semanas para ver su rostro en el espejo. Sonrió. Vio que era sensacional.

Con el físico endiosado, sintió que necesitaba una renovación interna. Un estómago más pequeño, corazón y pulmones más grandes, hígado, riñones y demás vísceras noveles. La intervención duró varios días. Le cortaron el estómago y le trasplantaron un corazón artificial, los pulmones de un atleta y órganos de adolescentes. Tardó un tiempo en recuperarse. Mientras tanto, aprendió a meditar. Auscultó su interior. Sonrió. Vio que era bueno.

Decidió cambiar el estilo de vida a uno más natural, se alejó de la ciudad y comenzó a consumir alimentos orgánicos, con una dieta macrobiótica, y a ejercitarse con yoga. Pero no fue suficiente, necesitaba borrar todo vestigio de quien había sido, pensar distinto, ser más talentosa, inteligente, lúcida. Le crearon un cerebro especial, siguiendo los modelos de varios genios. Abrieron su cabeza y, luego de extirparle cada parte, le colocaron la mente artificiosa. Tardó

197

unas horas en despertar y solo minutos en razonar con brillantez. Escribió un libro exitoso en unas horas, realizó investigaciones que transformaron el sistema de vida de las personas del mundo, creó inventos asombrosos y copó el libro de récords Guinness. Miró sus fotos por doquier. Sonrió. Vio que era genial.

Pero algo faltaba. Se observó en el espejo con detenimiento para descubrir en cada parte de sí lo que necesitaba. Se quedó fija en la cara, tratando de encontrar en ella lo que le provocaba incomodidad. Contempló sus ojos violáceos y se adentró en la oscuridad del iris hasta desfigurarse en la imagen; lo descubrió. Regresó al cirujano. Le quitaron los senos, el abdomen, las nalgas, la cara, las extremidades, los órganos internos, la cabeza entera, su cuerpo todo. Tardó muy poco en reconocerse. Sonrió. Vio que era nada y en paz descansó.

Vanessa Vilches Norat

Nació en Puerto Rico. Es profesora de lengua y literatura hispánicas en la Universidad de Puerto Rico, Río Piedras. Es autora del libro de cuentos *Crímenes domésticos* (Cuarto Propio, 2007) y de *De(s)madres o el rastro materno en la escrituras del Yo. A propósito de Jacques Derrida, Jamaica Kincaid, Esmeralda Santiago y Carmen Boullosa* (Cuarto Propio, 2003). Desde el año 2005 participa en la columna *Fuera del quicio* para el periódico *Claridad*.

FE DE RATAS

—Unos ratones se comen los libros, grita la mujer.

—Estás loca. Acuéstate a dormir. Mañana tengo junta temprano, dijo el marido casi dormido.

—No, ayúdame. He visto muchos ratones, montones, casi veinte, todos encima de los libros. Se los comen. Tienen un orden particular para hacerlo. Empiezan por el lomo, lo huelen, lo tiran con sus patas asquerosas. Le empuñan una garra, lo desarman y, poco a poco, van mordiendo sus páginas, sus palabras, sus sílabas, hasta que se hartan y lo abandonan. Luego al rato vuelven, toman otro y así.

—Deliras, mujer, no jodas, que mañana hay que trabajar. No empieces con tus visiones.

—No son visiones. Te juro que los veo, son muchos. Sabes que no soporto mirar ni uno solo. Imagínate lo que es para mí mirar tantos sobre mis libros. Escalofríos es lo que siento. Jamás me he repuesto de esa sensación. Ayúdame, por favor, que no puedo azuzarlos sola. Apenas me da el valor para asomarme al estudio. Tanta palabra han comido que tienen el cuarto lleno de mierda. Ya sabes, la de ellos es inconfundible, bolitas pequeñas, oscuras. Decenas, cientos, miles de círculos que se repiten infinitamente y que me amenazan con su presencia. Y el ruido es insoportable, sus chillidos, imperceptibles para ti, son crueles a mis oídos; sus patas corriendo, sus arañazos rápidos y certeros por los libros, sus ojos rojizos que absorben la luz de la noche.

Parece que gozan particularmente del gusto de la página. La cabeza me explota, un frío se apodera de mi cuello, sube por la espalda, llega a los hombros y casi no me deja moverme. No te molestaría si no fuera en serio, esta vez lo es. Por favor, ven conmigo. Ayúdame a sacarlos de una vez por todas del estudio.

—¡Carajo, siempre me haces lo mismo! ¿Por qué esperas a que me duerma? No me molestaría tanto si fuera antes de quedarme dormido, pero no, venga con la lata de los ratones, no más pego los ojos. Con el trabajo que me da conciliar el sueño y tú jode que jode. Sabes que no hay nada, absolutamente nada. ¿Cuántas veces tenemos que hacer esto? Me pasa por testarudo, todos me lo dicen, pero yo, el mártir. Internarte sería tan fácil, pero qué va. Aquí la quiero, al lado mío. Por unas horas de cordura, pago caro las noches.

Luego de un fuerte silencio, los ojos del hombre se encuentran con los de su mujer. Ella histérica, paralizada, lo observa con su preclara mirada. Los ojos desorbitados y en ellos la mueca de la indefensión. Él no puede resistirse. Respira profundo, tan hondo que el semblante le cambia totalmente. Se incorpora. Abraza a la mujer, que le devuelve una mirada agradecida.

—Vamos, mujer, vamos a ver qué son esos ruidos en la biblioteca.

De pequeño nada le gustaba más que observar a su madre escribir. Se sentaba al pie de la puerta de la biblioteca, silenciosamente para no molestarla. Era tan hermosa. Quería adivinar siempre la pasión de su madre frente al papel. Ella, concentrada, garabateaba en su libreta de apuntes roja, de páginas cremas, y luego la veía columpiarse hacia la máquina de escribir. Era una figura perfecta. Él, absorto, esperaba, solo esperaba a su mirada, nada más esperaba. Era tan hermosa sin duda. Su pelo negro y largo, casi rizado, contrastaba con la dulzura de sus ojos. Él se perdía en ellos, en el pelo, en la mirada. Entonces, la madre, con su espléndida sonrisa, al verlo silenciosamente arrinconado, le dedicaba una mirada, una caricia, y le prometía que pronto acabaría, cariño, entonces mamá jugará contigo a las cartas o iremos al parque, a los columpios. Él sabía que no cumpliría, nunca podía sacarla de ese cuarto a tiempo. Se haría de noche y ya sería tarde para jugar, pero a él no le importaba, le bastaba con la promesa de un momento juntos, con esa sonrisa que iluminaba la estancia por un tiempo indefinido hasta que, justo cuando él empezaba a entristecerse, a requerir de su presencia, la madre se volvía con la promesa hecha sonrisa en sus labios y el acostumbrado *"Ya acabo, cariño"*. Otra caricia, un pasar la mano por su cabello, una inmensa sonrisa, la recompensa por la espera. Nada más le hacía falta y así pasaban horas, días, meses.

Bajaron las escaleras que daban al estudio de la mujer. Era una covacha oscura, desordenada, polvorienta, llena de libros a medio abrir. Había diccionarios por todas partes, de sinónimos, de antónimos, de uso, etimológicos, mitológicos. Habría más si no fuera porque él un día, aprovechando una de las pocas salidas de la mujer, se envalentonó y cajas vacías en mano entró en la habitación. Fue sacando, sin pensarlo demasiado, cientos de libros. Llenó cinco cajas que donó a la biblioteca pública del pueblo. Con rapidez intentó seleccionar los menos queridos por su esposa, los no leídos, los repetidos, los afeados. Aquellos cuya ausencia sería imperceptible para su mujer. Se sintió repetir a su padre, y se asqueó de sí mismo. En ese momento había recordado a su madre cuando le contaba que justo para su nacimiento el padre le había guardado sus libros en cajas, para que pudiera amamantar en paz. Es totalmente distinto, se justificó. Se pensaba diferente a su padre. Su mujer tenía demasiados libros, apenas se podía caminar por el estudio, se repetía. Todo un cuarto lleno de libros desorganizados, en absoluto desorden. Ella ni sabía cuáles tenía, cuáles leía con frecuencia.

Después de la enfermedad, y por varios años, había adoptado la extraña costumbre de salir de paseo por las librerías. Entonces siempre traía libros. Al principio parecía un hermoso gesto de recuperación. Como a eso de las dos de la tarde, se bañaba y, acicalada, con su paraguas, salía a coger la guagua que la llevaba a Río Piedras. Allí pasaba horas mirando libros y hablando con los libreros, quienes le presentaban sus novedades. Luego, llegaba a la casa como a las seis, con sus nuevas adquisiciones, que le enseñaba con mucha ilusión: una edición de las *Obras completas* de César Vallejo, la última traducción al español de *Agua viva* de Lispector, un diccionario de americanismos. Verla tan contenta lo hacía feliz. Pensaba que poco a poco iba recuperando a su mujer. Entonces, se sentaban a comer la cena que había preparado amorosamente y hasta se daban el lujo de beber una copa de vino.

El rutinario paseo a la Ponce de León fue transformándose en una pesadilla. Él empezó a alarmarse con sus compras, no porque excedieran la capacidad de sus tarjetas de crédito, sino porque empezó a traer cualquier papel que se llamara libro. Recuerda el terrible hueco que se le formó justo en el centro del pecho cuando ella le enseñó los libros *Los animales de la finca y Álgebra I*. Al principio pensó que era una de sus bromas, y que su mujer, la del humor negro, había regresado a la casa. Pero verla tan animada por la compra le corroboró que la había perdido para siempre. Durante unos meses, ella continuó comprando libros de cualquier índole: infantiles, de texto, de ciencias ocultas. Así se fue poblando el estudio de papel y tinta. Él, por su parte, nunca tuvo fuerzas para dejar de festejarle sus compras y pensaba que ya haría un justificado resaque en la biblioteca.

Fue por esos días cuando comenzó a llegar alterada por los encuentros con los fantasmas de su vida anterior. Siempre había algún idiota mala leche que le hacía la inmisericorde pregunta por su manuscrito. Ella fingía demencia y variaba sus respuestas. A veces contestaba con un muy bien, gracias, aún revisando. Otras, les hacía ver que al fin, después de tantos años, angustia y desvelos, el manuscrito estaba en manos de la mejor casa editorial del país y que esperaba por una respuesta. En ocasiones fantaseaba aún más y les decía que la novela, *La encina*, estaba por salir, que eso la tenía supercontenta y que ya los invitaría a la presentación. Al escucharla, el librero de ocasión bajaría la cabeza, pues todos sabían de su desvarío. Tanto talento, dirían. Una pena, siempre aposté que sería la mejor narradora del país, pensarían. En esos días, llegaba a la casa angustiadísima, con la risa nerviosa y los ojos en otro lugar.

Entonces, bajaba a su covacha y, frenética, volvía sobre un marchitado manuscrito que engordaba un cartapacio. Sería una de esas noches en las que no dormiría nada corrigiendo una vez más su trabajo. En la mañana, después de un extenuante ataque de histeria en que los libros y diccionarios volarían por toda la casa, él se acercaría con una taza de café humeante y la metería a bañar.

La última vez que él vio el manuscrito ya iba por la página trescientos cincuenta y cuatro. Estaba tan lleno de tachones, rojos, rojísimos, y de correcciones en los márgenes, que apenas podía leerse el texto. Tanto tachaba que las manos de su mujer estaban manchadas de rojo. Él había dado por acabada la discusión al respecto. Habían sido demasiados años tratando de convencerla de que la novela estaba lista. Ella siempre encontraba algún error ortográfico o de concordancia, una mala descripción, un parlamento inverosímil, una pobre caracterización que amenazaba sus noches sin sueño. Al principio, él tomaba el manuscrito y se proponía releerlo para convencerla de que su trabajo era excelente, como tantas veces había hecho en el pasado. Ella había desarrollado una enferma dependencia de su criterio, y no podía entregar nada que él no leyera. Ansiosa, una vez acabado el escrito de turno, corría a llevarle los papeles y, angustiada, esperaba por su aprobación. Él muy poco le comentaba, pues admiraba la fuerza de su palabra. Se sentía tan feliz de que ella dependiera de su opinión. Verla escribir y leer sus páginas sumaba la cifra exacta del paraíso para él. Se extasiaba contemplando su figura perfecta. Ella, feliz de llenar sus expectativas, se veía contenta por la casa releyendo su escrito.

Después que empezó a escribir la novela, ella se acostumbró a trabajar por la noche. Se amanecía repasando una y otra vez su manuscrito. Al principio, él la acompañaba; le encantaba verla escribir. Pero algo había trastocado la confianza que le brindaba su criterio. Cada vez eran más frecuentes los ataques de autoconmiseración por su falta de talento. Él trataba de consolarla, de animarla. La novela era excelente, en verdad lo era, pero nunca pudo convencerla. Desde entonces, le parecería fútil quedarse también en desvelo, viéndola marcar una y otra vez el papel con el bolígrafo rojo como si fuera un cuerpo por descuartizar. Tanto le horrorizaba verla fragmentar el escrito que decidió no presenciar más la escena, le acordaba del cuadro *Unos cuantos piquetitos* de Kahlo. Ahora el cuerpo femenino era el trabajo de su mujer y ella misma era el amante asesino.

Al volver al estudio, todo estaba en desorden, como siempre. Al encender la luz, montones de bolas de papel se agrupaban cerca del zafacón. Varios bolígrafos rojos estaban sin tapa sobre el manuscrito aún más rojo. Sin embargo, un extraño y dulce olor emanaba del cuarto. La señora había limpiado ayer, él no se explicaba de dónde procedía ese olor a excremento, sería del zafacón, pensó. Intentó hacerse camino por las estibas de libros apostados en el piso, para convencerla una vez más, como todas las noches desde hace dos años, de que no había ratones, ninguno, nada.

—¿Ves? Nada, ningún mamífero por aquí, ninguno por allá. Solo son tus visiones. A que has dejado de tomarte las pastillas. ¿Tranquila?

Ella lo miró con la misma cara de orfandad, pero ahora más sumisa.

—Ya pasó, ahora a acostarse a dormir, pues mañana será otro día y tengo trabajo.

Decidió ordenar un poco el estudio, mientras la iba tranquilizando. Al recoger el manuscrito, todavía más gordo, notó que unas páginas estaban rotas. Lo tomó en sus manos y observó que, más que raídas, parecían mordisqueadas, comidas.

Sofía Irene Cardona

Nació en San Juan en 1962. Es autora del poemario *La habitación oscura* (Terranova, 2006) y los relatos de *El libro de las imaginadas* (EDUPR, 2008), que le mereció el Segundo Premio de Literatura del Instituto de Literatura Puertorriqueña 2008 y el Primer Premio de Narrativa del Pen Club de Puerto Rico del mismo año. Su cuento "La maravillosa visita del calzadísimo extranjero" fue premiado en el Primer Certamen del Cuento Infantil 2006 del periódico *El Nuevo Día*. Colabora en las columnas *Buscapié* del periódico *El Nuevo Día* y *Fuera del quicio* del semanario *Claridad*. Un escogido de estas últimas fue publicado bajo el mismo título, en colaboración con Vanessa Vilches Norat y Mari Mari Narváez, bajo el sello Santillana/Aguilar (2007). Enseña Literatura Española en la Universidad de Puerto Rico.

LA AMANTE DE BORGES

Perdida en la zona ganadera de aquel país, la universidad, en sus inicios un colegio de agrimensura, había tenido que hacer muchos esfuerzos para lograr el prestigio que lucía hoy día a nivel nacional.

Ya hacía varias décadas, los miembros de la junta directiva habían invertido todo el esfuerzo y dinero en construir el corazón de aquel campus universitario dispuesto a rebasar, a través de los años, la fama de las universidades más prestigiosas.

El corazón del recinto era, por supuesto, la biblioteca de veintisiete pisos cuya altura había sido motivo de gran controversia cuando, en plena construcción, un estudiante resultó asesinado por un ladrillo que había caído desde la azotea con evidentes intenciones homicidas. Nunca se aclaró el misterio y el relato de los detalles de la desgracia (su causa y su efecto incluidos), dicho de la mismísima boca de alguno de los testigos o conocido de los testigos, vino a engrosar las leyendas universitarias sin que se llegara nunca a esclarecer cuánto había de verdad y cuánto de vuelo imaginario en ninguna de sus versiones. Sin embargo, la explicación oficial que ofreció la administración universitaria hablaba menos de intenciones maliciosas y más de desafortunados

211

errores de cálculo y lamentables accidentes cuya repetición debía evitarse a toda costa.

Fue entonces cuando cercaron el edificio y, como medida de seguridad, eliminaron todo el peso que podían desalojar de cada piso. Un equipo de ingenieros de la misma universidad hizo los estudios necesarios, calculó por varias semanas el peso y la altura convenientes y redactó un informe de varias resmas de papel en el que recomendaban medidas específicas para evitar otras desgracias. Así fue como se decidió mudar todos los libros en lenguas extranjeras y, con ellos, a la eficiente y candorosa bibliotecaria de trescientas libras, Melissa Perkins, a la antigua capilla Godell.

En aquel vetusto edificio de piedra, muy anterior a la construcción de la universidad, fueron acumulando todos los libros escritos en lenguas extranjeras que se habían ido adquiriendo a lo largo de ciento cincuenta años. El cuantioso tesoro bibliográfico quedó al cuidado de un equipo de cuatro mujeres: Melissa Perkins y otras tres bibliotecarias cuyo aspecto insípido y siniestro las hermanaba de forma inquietante. Tal vez por haber trabajado tanto tiempo encerradas entre libros, todas tenían los ojos empequeñecidos y cierta levedad más asociada a los pájaros que a las bibliotecarias universitarias. Todas, menos Melissa Perkins. Entre ellas, Perkins descollaba porque su peso, su mirada redonda (aún más redonda tras sus gruesos espejuelos) y su apariencia de tierno mastodonte contrastaban con el aire frágil, enclenque y mojigato de sus compañeras de trabajo.

Decidida a no perder control de su sentido de orientación en aquel tropel de libros, Perkins invirtió todo su tiempo libre en ir memorizando el lugar específico de cada libro mientras las tres pájaras hacían que hacían paseándose de escritorio en escritorio y se dedicaban a estudiar el movimiento de las ardillas a través de la ventana.

Escudada tras un constante despiste, Perkins logró pasar inadvertida entre sus celosas colegas, a pesar de sus descomunales

212

proporciones y su ingente labor. Melissa revolvía cajas, organizaba anaqueles, redactaba cartas, atendía estudiantes, colaba café, sostenía largas conversaciones telefónicas en cinco lenguas distintas con misteriosos interlocutores y participaba de todos los comités institucionales de rigor.

Así eran las cosas en aquel apacible campus hasta que un día el profesor Garriga entró a Godell y, en lugar de sentarse en el escritorio de la ventana, atrincherado tras una muralla de obras completas de Martí o de Lezama, como solía hacer todos los días, se acercó a la sala de referencia a preguntar por Melissa Perkins. Las tres gallinitas lo miraron incrédulas, esperando alguna explicación, pero Garriga repetía simplemente que le trajeran a Perkins de una buena vez y se dejaran de mirarlo con cara de teléfono ocupado.

Borges agonizaba y la reclamaba inmediatamente, dicen que le dijo Garriga a Perkins cuando llegó sofocada al segundo piso, para mayor pasme de las tres bibliotecarias que escuchaban disimuladamente desde sus escritorios. El Gran Maestro había tomado un avión desde Ginebra hasta Nueva York y ya venía de camino, escoltado por un profesor a quien habían enviado expresamente para acompañarlo.

Borges se personó en el campus a las cinco en punto de la tarde, exactamente a la hora convenida, escoltado por el joven profesor, un ecuatoriano que desde Nueva York no le había parado de hablar de sus complicados sueños con la esperanza de que el Gran Maestro los integrara a alguno de sus cuentos. Cuando por fin Borges pudo zafarse del ecuatoriano pidió solemnemente que lo llevaran, si eran tan amables, con Melissa Perkins. Los catedráticos, anonadados y muy honrados por la inesperada visita, no sabían bien cómo ponerse, pero accedieron al reclamo del Genio y, después de despachar al joven profesor ecuatoriano que contaba sus sueños con la esperanza de que el Gran Maestro los integrara a alguno de sus cuentos, lo llevaron a Godell.

Hermanados en su aspecto de viejos elefantes y bondadosa sapiencia, Borges y Perkins se saludaron en una lengua extraña, para sorpresa de todos, especialmente de la plana mayor de la universidad, que espiaba por los cristales del cuarto contiguo.

Solo pudieron constatar que Borges tomó café con galletitas, como cualquiera de los visitantes de Perkins en su oficina. Conversaron por dos horas y media, justo hasta la hora de la cena, pero lo que más les intrigó a los catedráticos fue la impresión de que era más bien Perkins quien hablaba. El Gran Maestro parecía limitarse a escuchar atentamente, la mirada perdida, alargando su cuello de dinosaurio para alcanzar la voz de la corpulenta bibliotecaria. Perkins, por su parte, se mecía mientras hablaba, como si cantara algún vals, también con la mirada perdida en lo alto de los estantes de su oficina; inclinaba la cabeza hacia la derecha dos veces, a la izquierda dos veces más, moviendo los labios constantemente en un rezo perpetuo. Hay varias interpretaciones distintas sobre el asunto, pero ninguna llegó a prevalecer como definitiva.

Al término de su coloquio, Perkins y Borges se despidieron con una reverencia, el Gran Maestro se dio la vuelta y con paso seguro salió de la oficina. Los catedráticos lo escoltaron a la salida del edificio y después hasta el carro en el que esperaba taciturno el profesor ecuatoriano para llevarlo de vuelta a Nueva York. Borges murió en Ginebra, como todo el mundo sabe, pocos meses después.

Esta fue la única visita que recibió Perkins en todos los años que estuvo trabajando en el recinto y también la única vez que Borges visitó esa universidad. Pasó el tiempo y la visita de Borges fue a parar al caudal de leyendas universitarias con la historia del estudiante asesinado por el ladrillo fugitivo.

Cuando la remodelación de la torre estuvo terminada y eliminaron la cerca protectora, Perkins fue a ocupar el último piso, con vista al valle ganadero que resguardaba la universidad. La capilla Godell fue demolida y en el solar construyeron la residencia de estudiantes que se ve ahora desde la avenida principal. Perkins estuvo trabajando en su rutina por varios años hasta que un día no se presentó a la biblioteca.

Después de varias averiguaciones resultó que Perkins había descubierto que comenzaba a padecer de alguna enfermedad degenerativa de la memoria y decidió ingresar voluntariamente a una casa de salud.

Las únicas noticias sobre el caso provienen de las tres pájaras que hoy sobreviven a Perkins en la biblioteca. Dicen ellas que aun después de su desaparición siguen llegando consultas epistolares de lejanas tierras dirigidas a Melissa Perkins. Ninguna lleva remitente y todas esperan ansiosamente la respuesta de la amante de Borges.

Mara Negrón

Nació en el Viejo San Juan el 27 de febrero de 1960. Estudió Literatura Comparada en la Universidad de Puerto Rico y luego en la Universidad París-VIII en París, donde obtuvo su doctorado. Desde 1996 se desempeña como profesora de la Universidad de Puerto Rico. Escribe tanto ficción como ensayos de cultura y crítica literaria. Ha publicado *Las ciudades que (no) existen*, libro de relatos y poemas (Editorial Postdata, San Juan, 2001), y *Cartago*, novela (Editorial Tal cual, San Juan, 2005). Entre sus libros de crítica se encuentran *Une genèse au "féminin" (Un génesis femenino) (Estudio de "La manzana en la oscuridad" de Clarice Lispector)*, Prefacio de Hélène Cixous, Colección Critical Studies, dirigida por Myriam Díaz-Diocaretz (Ed. Rodopi, Holanda, 1997) y *De la animalidad no hay salida (Poéticas de la hibridez,* Ed. Universidad de Puerto Rico). También ha traducido *Velos, dos ensayos, Sa(v)er de Hélène Cixous y Un verme de seda de Jacques Derrida* (Ed. Siglo Veintiuno, México, 2001).

CARTA AL PADRE

Hoy te recuerdo. El mundo comenzó en tus espaldas. Caminaba detrás de ti. Siempre caminabas rápidamente sin mirar hacia atrás; parecías un Moisés erguido, caminando en dirección a la montaña más alta de la geografía humana. No veía tu rostro, nunca podía verlo, pero me lo imaginaba. Contemplabas lo que yo no podía ver; mi mundo iba naciendo en ese no poder ver. No veía tus ojos. Sé que eran insípidos y, sin embargo, en sus pupilas pequeñas, diminutas, había profundidad. Sin embargo, nunca vi tus ojos. Recuerdo tu marcha presurosa frente a mí y yo tratando de alcanzarte. Sé que en esa marcha mi mundo se estaba haciendo. Me estaba naciendo en el cuerpo, no fuera de él. La ansiedad que me provocaba el deseo de alcanzarte, de poder darte la mano y de caminar a tu paso me provocaba una gran sed. Eras agua. Pero no podía alcanzarte. Entonces caminaba apresuradamente, detrás de ti, contemplaba el mundo que nacía a mi alrededor, la tierra, las yerbas pilladas por las venas del cemento. *El-no-alcanzarte* me estaba dando el mundo. Volvía a alzar la mirada y solo veía tus cabellos blancos, tus espaldas, nunca tu rostro. Padre, nunca vi tu rostro. Solo vi el camino, la distancia y tus espaldas cuyas dimensiones son inmensurables. Ahí empezó mi mundo de lo infinito.

Padre, nunca he podido alcanzarte y darte la mano, nunca he podido ver por encima de tus espaldas, nunca he podido ver tu rostro. La estatura de tu cuerpo con respecto a la mía sigue siendo la de entonces; mi frente llegaba a la altura de tu mano. Nunca pude alcanzarte, nunca pude darte la mano. En la distancia que separaba nuestros cuerpos iba creciendo un mundo que solo yo contemplaba, que todavía hoy contemplo, un mundo que no poseo, un mundo que no se posee, solo se tiene. En ese mundo sueño, en ese mundo entro cada vez que siento tus pasos apresurados, sigilosos, caminando entre la nubes de todo lo que materialmente se me escapa y que solo presiento. Eres mi antesala a la fantasía; me imagino todo el mundo que existe detrás de tus espaldas. Padre, rompiste las tablas de la ley antigua. Hasta hoy me llegan destellos de tu cólera divina. Nunca vi *el* rostro. Padre, eres resto, sedimento, sustrato. No he querido nunca alcanzarte, mi goce nace de la imposibilidad de alcanzarte, de la imposibilidad de no ver nunca ese rostro. Acaso tu rostro contenga rasgos inclasificables; nunca vi tu pecho, nunca vi tus senos, padre, nunca vi *tu sexo*. Ese no ver se *me* escribió por dentro. Todavía hoy camino apresuradamente, todavía hoy estoy tratando de alcanzarte; todavía hoy no sé cuál es la naturaleza de tu sexo; solo veo tus espaldas y tus cabellos blancos, largos, también veo la inmensidad que yo sueño a partir del mundo que nace detrás de tus espaldas. Eres mi desconocido; lo que no sé explicar. En tus espaldas nacen los horizontes de mis geografías desconocidas. Hoy cierro los ojos y el mundo vuelve a definirse en su errar; yo detrás de ti sin verte. Mi vida significa en la medida en que imagino tus rostros y sus metamorfosis.

EDGARDO NIEVES-MIELES

Nació en Puerto Rico en 1957. Ha publicado *El amor es una enfermedad del hígado* (1993), *El mono gramático y otros textos* (1995), *Las muchas aguas no podrán apagar el amor* (2001), *Este breve espacio de la dicha llamado poema* (2006), *A quemarropa* (2008) y *Estos espejos ciegos donde palpita la música del mundo* (2009). Algunos relatos suyos han sido publicados en las antologías *El rostro y la máscara* (1995) y *Mal(h)ab(l)ar* (1996). También en *Pequeñas resistencias 4. Antología del nuevo cuento norteamericano y caribeño* (Madrid: Páginas de Espuma, 2005).

Y LA ROSA, GIRANDO AÚN SOBRE EL ENGRANAJE SANGRIENTO DE SU ESPINOSO TALLE

Y andando el tiempo, aconteció que por tercera ocasión él se negara a prestarle a su hermano mayor el Nintendo 64. Esto, luego de rechazar su vehemente invitación a recoger tomatitos de letrina para jugar a la guerra. (Por nada del mundo dejaría a un lado las sabrosas galletitas de avena y el nutritivo vaso de leche).

Entonces, el hermano mayor, de mala gana agarró su *walkman* y, tras un portazo ensordecedor, cruzó frente a la caseta del control de acceso. Con la siniestra en alto, saludó al guardián de turno y se dirigió al cercano parque de diversiones como quien al huerto de los olivos se retira. Una vez allí, se detuvo bajo la sombra del florecido guayacán y se quedó largo rato con la mirada fija en el asfalto. La cabeza le palpitaba. Durante unos instantes creyó escuchar las burlonas carcajadas de su hermano. Súbitamente, el viento tiró un vaso plástico y lo hizo rodar por el estacionamiento. Esto lo sacó de su embeleso. Desvió la mirada y descubrió una pareja de mariposas trenzando su amarillo vals con nupcial empeño. Una falda columpiándose coquetamente en un tendedero, mientras la indiscreta brisa escarbaba en los bolsillos de un pantalón y, a su lado, calzoncillos, toallas y camisas que no dejaban de llorar lentas y gordas lágrimas de agua, enzimas y fosfatos. Un lagartijo que, desde lo más alto de un arbusto seco, atalayaba sus dominios inmóvil pero amenazante como una gárgola en miniatura. Y un tanto más allá, junto a un árbol de papaya, las sobras de un almuerzo. Se puso en pie y seleccionó un buen trozo de pan.

Ya de vuelta, encendió el *walkman* y comenzó a lanzarles trozos de pan a las voraces palomas. Le pareció que, frente a la caseta del control de acceso, se movilizaba un grupo de gente que cargaba en alto una imagen de considerable tamaño. También le pareció ver que, de los ojos de la imagen de la virgen, bajaban dos lágrimas de sangre. Fue aquí cuando cayó en cuenta de que todas las palomas tienen las patas coloradas. Sin embargo, esto no evitó que volviera a resentir que a su hermano menor no le atrajesen ya para nada las canicas, ir a recoger tomatitos de letrina para jugar a la guerra o encampanar alguna majestuosa chiringa por la alta y despejada bóveda de los cielos.

Mientras tanto, en el aparato sonaba una melodía pegajosa que decía así: "Por un beso de la flaca, yo daría lo que fuera. Por un beso d'ella, aunque solo uno fuera...".

De repente, sintió que en la campana de su cabeza resonaba otra voz que no era precisamente la de Jarabe de Palo y hasta le pareció que al árbol de papaya del cuello le colgaban obscenamente media docena de enormes senos apuntando hacia el suelo. El misterioso e infinito archivo de su mente no podía dar crédito a lo que las complejas industrias de las neuronas le informaban. Desconectó el *walkman* y, aun así, continuó escuchando aquella extraña y fascinante voz. Olvidó las palomas, la imagen de la virgen que llora sangre y el árbol de papaya y decidió regresar a casa.

Nuevamente cruzó frente a la caseta del control de acceso y repitió el saludo al mismo guardián. Solo que esta vez se percató de que, como de costumbre, míster Stoltzman, el vecino maestro rural, solfeaba en su clarinete melancólicas tocatas con las cuales se dormían todas las gallinas del barrio mucho antes de que el sol se ocultase.

Al regresar, se detuvo en la entrada de su cuarto. Junto a la pequeña pelota y los *jacks* desparramados por el suelo, vio la negrísima cuenta del teléfono, un *Almanaque Bristol* y los grasientos naipes. Cuando se inclinó con la intención de recoger los naipes, se percató de que había pisado un pastelillo de guayaba. Levantó la cuenta del teléfono y con ella comenzó a quitar la jalea de su zapato. La estridente cháchara de dos pájaros carpinteros lo distrajo momentáneamente. Retomó su tarea y terminó tirando al suelo las hojas de papel embarradas en jalea de guayaba.

Le dio un puntapié al mazo de naipes, abandonó la sombría madriguera y, varios pasos más allá, halló a su hermano menor donde sabía lo encontraría: consumiendo un sándwich de mantequilla de maní, mientras leía en su impecablemente ordenada habitación. Desde el cartel de la puerta, un hombre barbudo con una estrella roja en la frente e intensa mirada le sonreía pícaramente y le decía: "Yo también tengo un *póster* de todos ustedes en mi casa".

Por primera vez se sintió dueño de su destino. Entonces, envenenado por el rencor y la envidia, Caín se armó con la espada de He-Man y otra vez la emprendió a mandoblazos contra su hermano Abel hasta dejarlo por muerto sobre un muy instructivo *Reader's Digest*, el sándwich de mantequilla de maní a medio consumir y el charco de su propia y espesa sangre que no dejará de seguirlo por todas partes, como un cachorro a su dueño.

WILLIE PERDOMO

Nació en Nueva York en 1967. Creció en el East Harlem de Nueva York. Es autor de *Where a Nickel Costs a Dime* y *Smoking Lovely*, que recibió el Pen America Beyond Margins Award, y del libro para niños *Visiting Langston*. Ha publicado en la revista del *New York Times* y en *Bomb*. Ha sido nominado al Premio Pushcart. Es Woolrich Fellow en Escritura Creativa de la Universidad de Columbia y desde 2009 en poesía de la New York Foundation for the Arts. Es cofundador y editor de Cypher Books.

Another Kind of Open

In the dreams that's what I see. Zero means freedom and seven is mental perfection. Candy can go both ways: a sweet embrace or a forbidden pleasure. Bread means bounty. Beige means unbiased and bondage means that you might be holding back.

Last night Marc comes to me in my sleep. He's driving a black hearse and pulls up in front of my desk.

"Get in," he says.

I say, "Nah, I'm staying right here."

Then I hear your voice, Magda. I hear you telling me don't go with the dead when the dead come calling in your dreams. But Marc keeps insisting.

"C'mon, Skanick, c'mon, come with me. I want to show you something."

I tell him to show me from *here*, from where I'm standing, but I still can't feel *here* under my feet.

I try to run but the scenario changes too quickly for me to get my feet on the floor. The dream flash cuts from corner to hallway, hallway to barbershop, barbershop to sneaker store, number hall to baseball diamond, classroom to holding pen, and then it freeze-tag stops in front of Jose's store and the icebox in front of the store turns into a tombstone and Marc comes out of the icebox like a vapor and he starts telling me about the afterlife at St. Raymond's Cemetery; how Hector Lavoe & Billie Holiday sang a duet on the day he died; how Big-O from the group home is still trying to sell his special anti-aging weed and T-Lai-Rock, true to Life, is planning on resurrecting the Down Boy Crew.

And then Marc says, "Yo, you know how they say that the soul leaves the body at the moment of death? Wait till you see what part of the body it exits from, bro." And, poof, he was gone.

Then you come walking out of Jose's and I start talking about mechanics and love and you say, "Mechanics? My heart ain't no auto shop."

And then I say, "But this thing we talk about when we talk about love, this sweetest hangover, this peg-of-my-heart, and knock-out punch, this landmine, this labyrinthine fun-house could be seesaw, could be slide, ocean deep, mountain high, see me run through it like it was on a blow-out sale, this diesel, this mix tape that starts with Frankie Ruiz telling his *china* that the cure is worse than the sickness."

You grab me on the corner and we bite each other from the chandelier to the floor. Down pillows giggle when we land, your hair drips a standing ovation, and sunshine spreads on snow like rapid growth on a pie chart.

Then you light a cigarette and say, "Forget that the word 'love' ever came out of my mouth, you heard?"

I get serious because I once knew a fortune teller who forgot her tarot cards on the No. 2 train; that when you read coffee-cup dregs you have to be careful because you might feel more like a monster than a tree, and what looks like a monster is really a tree.

And you know what you did when I said that? You put your hand up like a crossing guard and you said, "Stop. Stop, stop, stop. There you go. *Empezando.* Already putting shit in the game.

Tell me, tell me, tell me how that first day that we made diesel it was drizzling red leaves with sunlit fractures and we fried pork chops, made French fries and finished Side 2 of the mix tape in the shower. You see, *papito*, unlike you, I know for sure what's not going in the yard sale: the lobster *mofongo* in Salinas, the postcard from the Sorbonne, and the way you walked past me like first you had to deal with your *muertos* before you could mess with me." And right then and there you turned into a cloud.

I try to grab you and suddenly it's New Year's Eve and I'm walking down 138ᵗʰ Street with a tall, cool, glass of *coquito*. I press my ear to the curb, listening for snippets of your laugh, a laugh that I could hear in a gang rumble. I check with the 40th Precinct to see if any Desk Appearance Tickets have been claimed in your name. I bust up rap ciphers with everything I would've said had I the chance again. I want to kiss you from one end of Bruckner Boulevard to the other. There's a little bug in my ear and it says I'm playing with fire.

Before I give up I get the Tats Cru to replicate the way your curls dropped to your hips the first time we undressed. "It was as if her hair had hydraulics," I tell the Tats Cru.

And right before dusk, if I can't find you, I take one last desperate measure, always playing the changes, Magda, and I say my favorite three words, *que se joda,* and I walk into a dental clinic and tell everyone in the waiting room to save before they pull.

Amor con amor se paga. Te quiero mucho, Magda.

Siempre, always, hold fast.